U0037691

蛻　變

◎金・雀爾寧　著　　李璞良　譯

My Life as a Boy

A Woman's Story

By Kim Chernin

高談文化

目錄

第一部

第一章　男女大不同

了解我過去的人從沒想到我會變成個男孩，看看許多女人到了而立之年，生活都過得豐盈充實，且以此為傲，心中實感慨萬千。現在先介紹一下我們這個家，成員中有一頭長髮的馬克斯，以及喜歡一身襯衫和牛仔褲打扮的小女兒蘿瑞莎，至於我，則始終穿著一襲下擺很低的長衫褲。在服裝上我們似乎是各行其道，但是旁邊也有不少雙眼在瞅著我們，尤其是柏克萊這地方，在七〇年代，男人都是留著鬍鬚，而女人則都套著有緣邊的披肩和我們這民族所特有的罩衫。其實，我可從沒想過要變成個男孩，但此時自己正處於一個危險的階段，才三十多歲，獨生女就已經離家上大學去。

沒錯，這是危險的時期，會面臨到許多糾結難解的問題，其中有對過去的突破，有對乍然恢復自由身的期待、有子女展翅高飛後的落寞孤獨，也有母親這角色的另一個開始，就彷彿我也和女兒一樣，要動身追求自己的人生。在這種情形下什麼都可能發生，而且未來仍是個未知數，回首前塵，真有時光虛渡之慨，沒有一件是心想事成的，所有期盼到頭來都化為一場空。不過這一切都已過去，現在機會總算來了。

有些人非等到事情有了合理解釋後，才靜待它們發生，因此到頭來古井無波，啥事都沒發生，而為了迴避這些未必會發生的事，他們也虛擲了不少大好時光。我可不希望自己重蹈這覆轍，也不希望自己一直窩在象牙塔內終老一生。當初我在糊里糊塗，講不出個所以然的情況下，就再披嫁裳，也沒有人能找到足夠的理由，說服我拋夫棄女，因此就這樣渾渾噩噩地活了下去。

如果女人到了而立之年才變成男孩，那就表示她陷入了重重困境中，無法擺脫掉周身的束縛，因此她需要男孩的那種直覺，那種不帶一絲造作的「酷」。所謂男孩，就是時間一到就會離家遠去的那種人，這麼做不會出乎任何人的意料之外，而且，他們不會搬到隔壁和老媽同住，或是一輩子困守家園、生兒育女，而是會邁開大步迎向嶄新的世界，理由無他，就因為他是個男孩，翅膀一硬就要振翅高翔，任誰也擋不住，而他們也不會心生其他念頭。

我曾目睹過許多男孩就這樣拍拍翅膀走了，也曾看過他們騎腳踏車、溜冰、飆車，飛馳到馬路中央，或是在坡路上如入無人之境，他們還有什麼好在乎的？對男孩子來說，前面的路既寬且直，何不直接走到門外，衝出這個樊籠，然後跑到山下，走進這個花花世界。他們一心離開周遭眾人，躲避大家的追蹤，不顧一切地追求自己的未來，任誰也攔不住。

我當然也見過女孩子溜冰或騎著鐵馬，但沒有一個不是瞻前顧後，欲行又止的，因為，永遠會有人站在門邊，等著她們回家，唯有聽到她們的開門聲，才會放下那顆久懸的心。總之，女孩永遠躲不開這種宿命，而男孩則了無牽掛。

其中尤其是做了母親的女人，處境更是堪憐，她們知道每分每秒都會有人盼著自己回家，或是打電話來催駕，或是來個「溫馨接送情」，總之這就是身為一個女人的唯一意義，也是一個女孩未來的宿命和絕對會走的路子。但男孩可就不同了，在我眼中，他們總是莽莽撞撞的，從不婆婆媽媽，只要高興什麼事都做得出來，天皇老子都擋不住，因此不知讓多少老母為之心碎，讓多少倚門盼君歸的女孩子被放了鴿子。理由很簡單，他們必須要去外面闖蕩一番，所以就拍拍屁股一走了之。

如果男孩子成熟長大，成了男人（這並非不可避免），就不會再像過去那麼衝動，不會再惹得眾人煩惱不安。可是身為女孩子就不會這麼輕鬆了，即使是在父親的庇護下由女孩子長大為女人，也要隨時提防街坊鄰居的閒言閒語，大家可能對一個女孩子的才情視若無睹，但不會洗衣燒飯的話則立刻傳為笑柄。大家會說一個真正的藝術家，可以不停地發揮出創意，即便是小孩子在旁哭鬧也不會停下來，更不會抬起頭來看看，甚至連睫毛也不會眨一下。因此根據這種說法的話，沒有一個女人會是藝術家。

當然在小時候男孩和女孩沒什麼差別，可是一旦女性步入了人生的危險階段，就好像喪失了繼續做自己的理由或是正當性，如果孩子離開了家，或是什麼人病了或上了年紀，妳就得侍候他們一輩子，至死方休。可見得變成女孩並不是件值得慶幸的事，即使那種球技不輸男孩、知道如何打架、可以和男孩在田徑場上競逐的「女強人」，境遇也不會有多好，因為，這種「女強人」是不許哭的。如果她想離鄉背井，去追尋自己的未來，那就得犧牲男女情愛，不像同樣離鄉背井追尋未來的男孩，依然可以軟玉溫香抱滿懷。

換句話說，男孩子可以今天站在女朋友的窗外淋著雨，明天就可能在公車上盯住其他女人，並熱烈展開追求，而「女強人」則不允許自己對其他人有這麼強烈的需要。另一方面，男孩子被女友甩了後可能以淚洗面，或打著赤腳在公園裡悵然若失地走了一夜，或是躍入冰冷的池子裡然後重新出發，總之是要證明自己雖然年輕，卻會永遠愛著對方。與之相較下，「女強人」則得證明自己不需要任何人。

處在這種壓力下的女強人會愈來愈像個冷酷嚴苛的男人，不復當年與男孩子在一起的小鳥依人狀，無論是女強人抑或冷酷嚴苛的男人，都不可能再有柔情似水的一面，以維持自律的形象。相較之下，男孩子則不必做此犧牲，可以見容於矛盾，如有必要可以在依戀執著於某些事物的同時，與其他事物一刀兩斷。

第二章 轉變

我和馬克斯是在七〇年代初買下我們的房子，當時沒有一扇窗戶是面海而開的，因此始終無緣一睹這片由歐帝加士官（Sergeant Ortega）在一七六九年首次「發現」的廣大內海。歐帝加曾率領手下在這兒獵鹿，攀上東灣東方那碧草如茵的斜坡。二百多年來，周遭的視野和景觀都沒什麼改變，尤其是每當霧起時，他們在那兒所看到的與今天相去無幾。

當時的景觀到今天依然可見？當年我們買下這房子時，我就經常站在甲板上這麼問，當時老媽和老公還不知道是否要把我的話當真，但女兒卻知道我是認真的，當然，嚴肅而認真地看待一件事，並不表示它就一定名實相符、毫不誇張，只有老媽一直未能參透其中的差異。

在那些日子，每當老媽造訪，我們就會走到歐幾里得大道玫瑰園。她很喜歡去那兒，不過卻不是由於那兒有五十多種玫瑰，而是該玫瑰園為WPA計畫之一的緣故。而該計畫則是在三〇年代時，為了讓失業男人回去工作所推動的一項活動。

我所珍惜的過去似乎已十分遙遠，我曾說要看看遺忘已久的泥濘和海峽、黑漆漆的沼澤地、橡樹大草原，以及伴隨著微風流經棉花田，最後落至平原上的溪流。這些都是柏克萊的原有景觀，直到歐洲移民來了以後才整個為之改觀。我曾告訴老媽，我可以在曙光乍現的一片曚曨中，看到輕煙沿著舊金山灣的海岸，從胡丘安山谷嬝嬝升起，不過如今那兒都開了高速公路。

當時連我都覺得好奇怪，怎麼會在老媽面前談起這些，她不是對這一切都無動於衷嗎？只見她擺出打從我小時候起就常出現的那種表情，斜睨了我一眼，然後搖搖頭，好像認為我是在無病呻吟，為賦新詩強說愁。為什麼？為什麼這些童年往事只能向別人傾訴，而不能向親如老媽者暢談呢？

我住了二十三年的那幢房子可算是個異數，才蓋了沒多久便發生一九二三年的那一大火，柏克萊的大部份建築都付之一炬，只有它得以倖存。那場火弄得當地最有名的建築師梅貝克從此不再設計木造的房子，而以西班牙式的灰泥屋代之。因此後來整條街從我家開始，這種房子俯拾皆是。

經過那件事之後，我也培養了較為敏銳的感覺，常覺得家裡的地基不穩，也一直和街坊鄰居們談起那些傾頹的籬笆。和自家的「破敗」景像相較，鄰居家的陡峭坡地倒是吸引了我羨慕的目光，它有種反覆無常和極為羅曼蒂克的野性美，樅木和松樹足足有八層樓那麼高，而無花果、早開的櫻花和棕櫚樹亦隨處可見，偶而在三月末還飄著細雪時，那兒更是百花盛開，只不過這種喜愛中卻有一絲絲「胳膊往外彎」的罪惡感。至於鄰居家的房子也頗能吸引我的目光，有尖尖的山形屋頂，西班牙式的陽台和滿是玫瑰的庭院，屋子的材質有一半為木材，再加上微風拂面的街道、公園、小巷弄，以及陡直的梯子等，真是出色極了。

此外還有一排排面向海的長長窗戶呢！只不過從較矮的家望出去，這些美景大都隱而不見。往西望去，有三座拱形的橋跨過海灣，把南北兩處巍峨陡峭的山壁連接起來，不過如果「眼光太高」的話，還是會錯失這些景緻。那兒住的大部份是勞工階級，四周處處可見廠房、倉庫、商店，以及傾頹破敗的街道。十九世紀的五〇年代，來自於愛爾蘭、法國、中國、芬蘭和德國的工人紛紛移民至此，落地生根後子孫延綿，如今又加上了黑人和西班牙裔，蔚為民族的大熔爐。至於在建築方面，最近也掀起了一陣復古風，許多維多利亞式的老房子開始重新翻修。除了述數族裔外，柏克萊在六〇年代後也加入了一群為數約二千的遊民，他們無家可歸，棲息在民眾公園內，鎮日為生活掙扎著。

若干年前，這兒曾為了蓋房子，而打算砍掉神學院附近的大批榆樹，為此不少人挺身抗議了好幾個禮拜，即使那時候不擅交際的我，也被迫加入他們的陣營。在大樹被肢解時，我們這群互不認識的陌生人就手牽手、肩靠肩默默地站在旁邊，這時突然發現旁邊一位女士已哭倒在我的肩頭，於是我脫下夾克，覆在她肩上。大概是由於個頭比她高吧，所以就成了可以「倚靠」的對象，也成了可以讓其他人支撐下去的「壯漢」。

我猜想，那就是我第一次開始身為男兒身的日子。

當時我並沒經過一番「天人交戰」，因為這對我來說一點也不奇怪，也毫無不自然之處。許多原本看似一成不變的事物事實上都會改變，而人們也會接受這些改變。還記得那是個寒冷的午後，大家心情都很沈重，有種「風雨同悲」的淒涼感覺，後來我們這群烏合之眾就縮成一團，以抵禦初秋的寒風。我望著倚在我肩頭的那名女子，一時間只聽見嚶嚶哭泣聲與鋸木的悶哼聲齊鳴，生木材和木屑味也撲鼻而至。我想如果我是男孩子，就會用我一雙強而有力的手臂護著她，直到她恢復為止，同時也告訴自己，如果我是男孩的話，就該瀟灑的揮揮衣袖，剛才的那件夾克也不必還了。當時就在無望的戀慕與渴求中，我覺得內心深處彷彿起了某種變化，過去那種消極被動、默爾而息的心理，已隨著巨樹的傾倒而消失不見。就像是蒙受巨烈的轉變，也像是那些巨樹的活力已轉移到我身上一樣，因為，我在一個女人悲泣時把她緊緊擁入懷裡。許多年後我再次邂逅這位叫做艾麗絲‧葛拉漢的女子，也從她身上學到了許多。

於是我就這樣變成了個男孩，也可以清楚地看到它所帶來的嚴重影響。雖然我老公是個慷慨大度又不拘小節的男人，但卻始終希望我是個愛做夢又小鳥依人的女人，就像以前那樣。另外，我的這種改變也嚴重干擾到女兒，面對一個轉變為男孩的媽咪，這讓她情何以堪。至於我呢？我已經做好破繭而出的準備了嗎？

男孩子大都不安分，喜歡調皮搗蛋。像我在四年級時，就和一個這樣的男孩比鄰而坐，他很喜歡拉我辮子、撩弄我，因此我們是三天一小吵，五天一大吵的。當時真的難以想像，如果叫一個男孩過我那種整天做白日夢、老讀些光怪陸離的書，以及滿紙風花雪月的日子，他要怎麼活下去。那時當然不乏不錯的男孩，會從學校伴著妳一路走回家，因為，他們老覺得妳需要保護；另外也有些沒規沒矩、品行不端的男孩，老是從超市裡偷酒，然後再轉賣給雜貨店。一般來說，男孩大都行事欠周詳，做事往往不經大腦，遇到不爽的人就飽以老拳，一輩子都堅決不做「娘兒們」。另外，男孩子也天生享有些特權，像是想要怎樣就怎樣，想得到什麼就會得到什麼，想要擁有什麼就擁有什麼，想要征服什麼就征服什麼，以及追求官能享樂和女人的權力。

我早就學會了一件事：對於不可避免的轉變你是無法干預的，否則無異螳臂擋車，而在通盤考慮後，我也覺得觀察一個男孩的轉變過程，像是變得溫文儒雅，不再毛毛躁躁等，是個不錯的點子。以我們那時代來說，年輕人眼中的生命都是場悲劇，但這並不是他們的錯，只有小娃兒才能安然度過他們的青澀歲月，其他人不是結局令人扼腕，就是一開始即面對人生的坎坷，沒有人能夠受到鼓舞而挺下去。當然時下的年輕人已不再如此，或許他們得做的事太多了。

女兒就要離家上大學了，若干日子後，我知道自己也想翹家了。我無法再安安靜靜地待下去，似乎整天都在期待著某些重要的事情發生，好呼喚著我外出闖盪一番。這些事應該和情愛有關，對大多數人來說，這也是最容易認出的一種轉變形式。我了解何謂愛，但卻從沒想到，自己儲備了這種改變的動能。另外我也了解女人，但卻從沒想到一個女人也會喜歡這樣。

第三章　初識

我叫她哈達瑪，出身於德國中部的一個小鎮，她家雖屬於猶太家庭，但已被德國徹底同化，所以在我面前她們一點也不像猶太人（或許是因為我家來自東歐）。她們是在三十年代抵達美國，說到這兒就要感謝她姑姑的遠見，在承平的歲月死催活拉的讓一家大小變賣了土地、房子和所有家當，然後移民美國。哈達瑪的母親出身於義大利南方的一個大銀行家族，文化水平高，有國際觀，累積了相當的財富，而且家族遍及全世界各大都市。他們每個人都懂好幾種語言，也都在大銀行和大公司裡位居要津。對於窮親戚他們亦樂於支助，或是出錢供他們讀書，甚至必要時，還會以豐厚的嫁妝把她們給嫁出去。

在我認識哈達瑪時，她還是個小孩子，當時舉家剛從歐洲移民過來，住在柏克萊北邊的一處高地上，離我家不遠。她家是個大家族，堂兄弟一堆，另外她父親還有位上了年紀的姊姊，大家剛在紐約待了段不算長的時間，就搬到這兒一起住。在這之前，她們還曾在英國待了一兩年，她祖父就在那兒白手起家，然而精力充沛的他卻英年早逝，一家的重擔一下子全都落在長子，也就是她父親身上，後來雖然在努力之下成了名實業家，但面對食指浩繁的家庭，卻沒什麼安全感，因此才又移民美國。哈達瑪對家族的這頁移民史已不復記憶，只知道四歲生日是在一個叫考茲渥斯的小鎮上過的。她小時候家人都叫她哈蒂，不過自從入學後大家就很少這麼叫了，至於我則一直叫她哈達瑪，早在我們陷入熱戀之前就這麼喚她了。

我們是在她姑姑艾蒂絲•邦赫的家邂逅的，艾蒂絲花了好幾個禮拜的時間，把她的童年往事都一股腦的告訴我。當我和這位老太太道別時，還猶豫了好一會兒，不知道是要握手還是擁抱，因為我倆之間的德語交談真是愉快極了，彼此也都心儀對方，甚至還聊到「聲震屋瓦」，後來由於太大聲了，只聽見門碰的一聲打開了，鑽進來兩個著短褲的小女孩，接著就是隻金黃色的獵犬，以及一位身材纖細動人的黑髮女子。她滿懷驚訝地望著我，大概是沒料到艾蒂絲在這麼晚了還有訪客。

我也吃驚地望著她，只見她雖直挺挺地站著，但雙手可沒閒著，眸子也炯炯有神，那模樣不禁讓我想起了蜂鳥。我知道第一印象往往是靠不住的，起初還認為她長得蠻高的，但後來卻發現沒有我高。大概當時陽光太強了吧，眼中的她看起來有些迷濛，好像是遠遠站在一條又長又熱的路上，身上還不斷冒出熱浪呢！

艾蒂絲把她拉到身邊，口中喃喃道：「這就是哈達瑪」，這時只見那兩個小女孩不住地來回奔跑，口中還興奮地叫道：「哈……達……瑪，哈……達……瑪」而我們倆則互相問好。

她笑開了，一邊朝著小女孩頷首一面對我解釋：「別人都叫我哈蒂！」同時深情款款地望著自己的姑姑，而艾蒂絲則趨前握住姪女的柔荑，並愛憐地朝著她搖搖頭。

「哈達瑪！」艾蒂絲又重複道，我想她大概想要再說下去，但突然想到那番話剛才大概已經說了，遂改變心意，決定噤聲不語。

年輕的哈達瑪則專注地凝視著我，然後旁敲側擊地問道：「妳就是搞口授歷史的那位女士吧？」看來她寧可拐彎抹角地靠自己「猜」出來，也不要直接問我。

當我點頭時，她揚了揚眉，表情略帶些自得，似乎只在意自己的「天縱英明」，至於我是哪號人物就無關緊要了。那瞬間一股桀驁和高人一等的表情明顯地寫在臉上，同時也是我第一次清清楚楚地看到她。從她深邃幽暗的眸子裡，不難看出她在冷冷地評價我，看看我是否只是「浪得虛名」而已，那種酷讓我有些忐忑不安。只見她筆直而立，頭抬得老高，清秀整齊的臉蛋兒原本略顯蒼白，不過在一頭波浪狀黑棕色秀髮的烘托下，似乎又有了些血色。在隱約中我瞥見了一股她們家族相傳的傲氣，不過又立刻被巧妙地掩藏在怡然自得的表情裡。

「艾蒂絲姑姑一直渴望著我們見上一面，」她有點挖苦地笑了笑，「她覺得我們倆一定得做個朋友才行，我認識姑姑大半輩子了，她的話從來不曾錯過。」她暫停了一會兒，似乎是要讓自己的話顯得謔而不虐，然後又輕輕搖搖頭，高興地說道：「妳準備好要接受這段新友誼嗎？」

我覺得哈達瑪似乎並沒打算說這麼多，大概她認為矯揉造作的談話和夸夸其言的態度，可以沖淡些嚴肅的場面。現在，她又盯著我瞧了，似乎是想再猜出一些我其他的「內幕」。別人常說我面對的事太多太複雜，不過我想這小妮子也是如此，只見一陣紅霞微微掠過她的面頰，幽暗的眸子也偷偷地往我身上搜尋過來，就在這一瞬間我發現，她就是我夢寐許久、期盼多年的女孩子，真是眾裡尋她千百度，驀然回首，那人卻在燈火闌珊處。

接下來一切又在瞬間恢復平靜，那隻頗有威嚴的獵狗走到艾蒂絲身邊，然後趴在她腳下，金黃色的腦袋抵住她腳趾，而那兩個女孩則在牠旁邊翹首仰望著哈達瑪。這個時候，和我享有同樣懷舊之情的忘年之交艾蒂絲則走過來，一手握著哈達瑪，另一手則握著我，心不在焉地點點頭。就這樣，我和邂逅未久的哈達瑪面對面靜靜地站著，在友誼開始時雙方似乎都有些期待，只不過結束時卻一定有物是人非之感。換言之，在友誼畫下休止符時，雙方一定心情惡劣，和剛開始時可說完全相反。所以至少對我而言，和哈達瑪的友誼一開始，就帶著一絲無可名狀的感傷，甚至覺得在我把名字告訴她之前，就已經失去了她。

有些女人傲得很，必須在她們面前不斷獻殷勤，當然想要擁有她們就必須付出這些。我過去也曾經是這種女性，因此想要擁有她們，就必須在認知上做些改變，這點我會了解嗎？

原本陷入沈思的艾蒂絲此時精神陡地一振，大概是查覺到自己有些失態，竟然沒把我鄭重其事地介紹給哈達瑪認識，於是說道：「這是金，我親愛的金！」由那口英文不難聽出她是個受過教育的外國人，只是平常在家從未曾用過這種口氣，「就是這女人突然闖進咱們的生活中，就像是開啟了一扇記憶之門。」

我親愛的金，是因為我們已經擁抱了她，所以姓什麼已經不重要了嗎？哈達瑪似乎是這麼想，只見艾蒂絲把我們的手給握在一起時，她一臉暖暖的笑意。我注意到哈達瑪與我年紀相若，或許已近不惑之年，她的一顰一笑，以及我們之間的那種靜謐，似乎已將我倆緊緊地繫在一起，看來這並非錯誤的結合。雖然雙方都沒有太留意眼前這片靜謐，但事情就像這樣在兩個女人之間不知不覺的發生了，並沒引起太多的騷動。

第四章 她的微笑

在女兒上大學之前的許多年，她就是我生活的重心，每當傍晚時分她放學回家，我的精神就來了。不過這小妮子卻不領情，老說我是個虛偽的人，裝做和她無話不談，假裝要和她分享彼此，可是「演技」卻不怎麼樣。雖然她很同情我的努力，也一直試著讓自己不再感到孤獨，但我卻高不可攀，和別人總是保持若即若離的關係，而且老愛做夢，經常迷失自己，令人難以親近。所以，到最後我們兩個人的努力俱告失敗。

我的夢想就是要擁有一片個人的園地，是獨立於婚姻和社交生活之外的私人天地。我一度以為哈達瑪喜歡社交活動，是屬於外面那個花花世界的，從不會接觸到我的內心世界。女人們老是喜歡這樣，許多女人的「藏匿」功夫都比我要好。

和哈達瑪初遇那天所見到的兩個小女孩，其實並不是哈的孩子，而是她的遠房親戚。哈達瑪的周遭總是黏了許多人，他們人來人往的，有些整晚陪著她，也有的是因為工作或愛情的關係。不過我從沒打算弄清楚，這些人和她的真正關係，更何況她的家族頗大，枝繁葉茂的，因此更是難以探究其關係。她的親戚還真不少，經常可以看見他們遠從歐洲或南美前來，到她父母那棟美麗的房子裡作客。甚至，那天所出現的金黃色獵犬也不是屬於她的。

哈達瑪並沒有和老公同住，但也沒離婚。另外，她彷佛永遠都不知道孤獨為何物，因為她魅力十足，很容易讓周遭眾人陷入情網中，而且她「胃口」不小，總想保持所有人的愛情，只不過在這方面顯得左支右絀些。所以，我認為她以前從未有過真正的朋友。

我和哈達瑪邂逅時始終保持著一股靜謐，不過別小看了它，這股靜謐下所發生的任何事都是轟轟烈烈的，都是意義重大的，也都是愛做夢的人所死抓住不放的。總之不管發生什麼事，都會使這些愛做夢的人永銘於心，事後他們也總是會說，這些事改變了他們整個人生。有時候他們會說這種改變是一輩子的，但對於世俗的人而言，這些事卻微不足道，縱然你一再提醒，也很難讓他們有刻骨銘心的感受。不過這一次我卻有些茫然，不知道哈達瑪和我之間是否存在著這種差異，也不知道她是否屬於世俗中人。過去我總認為如果自己對某些事有強烈的感受，那麼其他人也一定會如此，我想這大概就是所謂的天真吧！

哈達瑪曾在東灣找到了一家藝術中心，舉凡在那兒作畫的、跳舞的、作曲的、演唱的、雕刻的、搞編織的、搞縫紉的，以及寫劇本的等，她全都認識。因此可以登高一呼，在最短的時間內籌措出個藝術展覽，或辦個戶外嘉年華會，甚至可以靠「沿街賣藝」而弄個旅行團行走江湖，或是辦辦交涉，介紹合作對象等。以她的爽朗、永遠用不完的精力、能「放電」的一張笑臉，以及具有感染力的銀鈴般笑聲，可以讓所有人都拜倒在她石榴裙下，把自己的時間全捐給她，任由她支配。而經過這麼多年以來，她也的確為慈善機構籌募到不少錢。

哈瑪達給我的印象就是她無所不能，年紀輕輕就精通各項才藝，有一次我們在林子裡閒逛，她突然一展歌喉，低沈又美麗的嗓音讓我驚艷不已。以後我雖苦苦相求，但她卻始終不肯輕啟玉唇，她說只有在自己忘了有其他人在場，或是不知道自己在唱歌的情況下，才會獻聲。

我們在一起時她也經常披著層神祕外衣，只有當躺在那兒許久許久，等得快「嚥下最後一口氣」時，她才會突然摘下「面具」，把隱藏在內心的祕密和盤托出。有一次我們散步時，突然看見一隻小雌兔從林子裡竄出，和我們打了照面，她立刻提醒我，這是個不好的兆頭。這是我第一次看到她的另外一面，其他人大概從來不會發現到這些吧！

我第二次闖進她內心世界就是在她姑姑家，當時我正要離開，看到她剛好帶著那條金黃色獵犬，以及初次相遇時所碰到的其中一名小女孩一同上樓，那隻獵犬和小女孩似乎認出了我，但哈達瑪本人卻好像記不起我是誰了，或者是她假裝認不出我了？有些人就是讓人無法捉摸，不管是什麼原因，明明你對他們留下了極為深刻的第一印象，但下回雙方碰面時，他們卻冷淡以對，就好像一切船過水無痕，你在他們心目中根本啥都不是。我曾反覆思索，她是讓我改變自己人生的女人嗎？她一定要擺出那種架勢來嗎？這第二回相遇距離前次才一個禮拜，是我趁路過時造訪她姑姑家，才意外地和她重逢。

我見她神情漠然，於是先報出自己的名號，提醒她一下。

只見她嫣然一笑，重複了一遍我所說的話，然後話鋒一轉便說道：「就是那位搞口授歷史的，當然，我怎麼忘得了，我曾問過姑姑有關妳的一切，對啦！她告訴過妳書展的事嗎？想去看看嗎？」

此時那條金黃色的獵犬已經溜到外面的馬路去了，而那小女孩則衝到她裙子下，一面踢她的腳一面興奮地尖叫。

「噓！蒂娜，那樣我就無法專心想事情啦！」她輕柔地責備了那女孩一下，可是很顯然，她並沒有把對方的胡鬧給放在心上。幾分鐘後，那名小女孩也跑出去追那條狗了，而她也要立刻到一個鄰居家的後院拔草。

「在大庭廣眾下我看不了多少書的，當然有時間我一定會去，只不過我告訴了妳姑姑這次不行。」

我不知道在說完這話後，我們是否又會相對默默。我一直在等待著一些「訊號」的出現，好看看上禮拜我們的初遇是否也在她心湖中激起陣陣漣漪。如果她就是我所一直期盼的女人，那麼我也是她所一直尋覓的「郎君」嗎？

「妳不會在大庭廣眾下看書？」她似乎有些驚訝，接著又以懷疑的眼神望著我，「但妳不是位作家嗎？姑說……」

「我這個爬格子的還沒準備將作品出版！」

她皺了皺眉頭，我想是有些失望吧，於是我立刻補充了一句：「但我還是有不少機會噢！」

「妳不是口授歷史的嗎？妳確定要出版這方面的書？」

我還不知道自己在這方面有何打算，我喜歡上了年紀的人，尤其是遠地方來的。我知道只要你是個好聽眾，他們都會喜歡把一些故事告訴你，也想結識你。有些老者很期待這些故事能變成白紙黑字，但他們絕大多數都只是希望能有人聆聽他們就好。其實這工作滿適合我的，因為，我喜歡把時間花在這些人身上，尤其是在午後當我一天的工作告個段落時，更是希望與他們一起消磨時間。他們一見到你就很高興，也從不會問東問西的，和他們在一起真是輕鬆舒暢無比，因為，他們只會把注意力放在故事上，不會要我多談談自己。另外，我也常和他們一起喝個下午茶，而他們也總是端出上好的巧克力或是自製的糕點待客，甚至有些人每次所說的故事都千篇一律。對於故事內容所偶然出現的改變，我總是興味盎然，即使只是些語詞上的變化，或是以前未曾有過的支吾其辭狀，我也欣然接受。

哈達瑪仍眉頭緊鎖，我說她可以在一瞬間惦出一個人的份量，而且過去也經常這樣對別人做出評價。她或許會認為我是個靦腆的人，或是認為我虛偽不實，抑或是誤以為我所以會搭上她姑姑，完全是為了蒐集資料，然後出書，好道出戰前猶太人在德國的生活情形。

「有時候一個人是為寫作而寫作，爬格子本身就代表一件事的結束、一個瞑想，甚至有時候就是種『為往聖繼絕學』的做法。」我雖然嘴巴這樣說，但自認為並非意有所指的針對她，我始終認為對自己所一直尋覓的女人，是無須多做解釋的，「我聽別人說故事也是基於同樣的原因。」

「真的？妳根本沒打算把寫的出書？只是蒐集這些故

事而已，目前還不知道要怎麼處理它們？」

「嗯，有時我在想，船到橋頭自然直，這些故事『自己會找到出路的』，一旦它們找到處置自己的方式，那不管是什麼它們都會讓我知道，而我也會朝這方向去做的。」

「噢，我明白啦！」她一字一句地說道，我覺得語氣中充滿了嘲弄。

她一定認為我是在開玩笑，只見她頭一揚，把秀髮往肩後一甩，然後嫣然一笑。這是我頭一回聽到，真的，請相信我，那聲音真美，低沈、渾然天成，會心一笑的同時，也閃過一絲搜尋及戲謔的神色，彷彿我倆剛成了「共犯」

「我不會再問什麼問題了，」她抬起頭來，就好像許下了承諾，「看來作家都有他們的祕密。」

「錯了，」我仍沒弄明白她為什麼會笑，「我們沒什麼祕密可言，沒有，一點也沒有。」

第五章　第一次的激情

從小我的好友莉莉安曾說，我常給人一種不食人間煙火的印象，好像穴居了一輩子似的。不過若干年前，我曾是個活潑外向的人，雅好交際應酬，很容易和人交上朋友，且經常外出旅遊。不過現在當我走出了自己的「洞穴」，卻發現這世界已變得十分陌生了，所經歷的每樁事物都要好好研究一番才行。這就像是林子邊突然冒出了一棵樹，並和我在猛然間不期而遇，於是我告訴自己，這玩意兒太危險了，搞不好會隨時倒下來砸到自己腦袋，那語氣彷彿自己一輩子沒見到過一棵樹一樣。

這個房子已讓我度過了七年的美好時光，但過去還是經常以一種發現新大陸的心情告訴自己，這間房子隨時會帶來意外和驚喜。就像是那個高大的年輕人，雖然每天都會在他上下學或上下班的路上打照面，可是我每次都還是與奮地向自己通報：那個從街上走來的年輕小夥子，就是某某鄰居的兒子耶！

當我把這種情況告訴老公馬克斯時，他一定會撂下手邊的事，然後舒服地靠在椅背上聆聽。有時我話匣子一開就是好幾個小時，而他就會抽著煙或是啜著杯咖啡，然後全神貫注地傾聽，只是不知道他為什麼要擺出這副神情。是什麼？到底是什麼原因讓他這樣？

如果你是穴居人，就不可能有真正的睡眠，即使其他人都認為你已進入了夢鄉，你也很明白自己是清醒的。我所指的這種穴居人雖離群索居，過著遺世而獨立的生活，而且只有在安全無虞的情況下才會外出冒險，可是她的內心深處卻可能熱情如火，活躍而積極，只是甚少與人說罷了。

大部份的人都不知道你其實是完全清醒的，對周遭的每樣事都瞭如指掌。就像任何一個開著車或是下廚房做早餐的人，在開車或做飯的同時還能集中心力做其他事一樣，比方說聽別人說話，或是對著別人說話，你能說他們不清醒嗎？

這無關乎是否心無二用，也不是說當你邊做事邊和人交談的話，就會捅樓子。不過周遭世界對「穴居人」都做如是觀，大家的經驗也是如此，你要怎麼和其他人談這種事？如果能夠和馬克斯談這些，如果這些是男人和女人間可聊的話題，那我就絕對不會棄他而去，也不會到外面的花花世界去尋找了解我意思的人，而是安然地過著我想過的日子。後來在我們各奔西東後，才發現踏破鐵鞋無覓處，我所要找的竟然就是和自己近在咫尺的那些鄰家女子，我和她們做了些自己曾想像過，但卻從不相信女人真會攜手同做的事，當然，我所指並不是只有性而已——雖然性也是其中之一。

猶記得第一次想告訴馬克斯，我所過的是穴居生活時，是那麼地欲言又止：「這就好像是……」然後我就講不下去了。

「我正在洗耳恭聽耶！」他說得是這麼地義正辭嚴。

「不管是這屋子裡的世界，還是屋外花園裡的世界……對大家來說都是那麼地真實，這就是真實世界，所代表的意義。不過對我來說，我們和蘿瑞莎的生活似乎並不真實，在我們之外的世界有另外一種真實性，有時甚至覺得它比我們的世界更實際，當然也或許並不如此。但不管怎樣，外面的生活會給我一種鮮活的感覺，至於我們所共同分享以及你情我願的這個世界，則無法讓我生龍活虎起來。」

我想他被我這番話弄得一頭霧水，因此想要以自己的經驗找出我話中的含意。他那副嚴肅而認真的模樣中似乎有一絲迷惑，但卻不像是憂心。

「印象中妳最近似乎快樂許多，也好像更自在了些，就像是走出了自我，不再那麼消沈啦。」

「消沈？我不再消沈了嗎？其實我們一起生活的唯一意義，就只是剛才我所講的那些而已。我之所以消沈並不是和你在一起的緣故，如果和你一起生活會讓我愁眉不展，那也是因為我已經從另一個自我中走了出來。以前我迷失了真正的自我，迷失了自己，就像是回到你身邊時失去了我自己一樣，就像是我經歷過一個會喪失潛能的小路。這不是你的錯，當然不是你的錯，但在我們之間卻……沒錯，你身為男人，而我那時也是個女人，這似乎是那麼地完美而自然，但如果不是這樣又如何？如果我覺得自己像個男人的話會更自然，而你又像個女人時，那會怎樣呢？抱歉，這挺難解釋的，我只是想要說，我們在一起的話會讓我活不出自我的，不像我一個人過活時那樣可以做個完完整整的自己，你了解嗎？」

我只能說他竭力不想讓自己受到傷害，如果他受到傷害而且又表露無遺的話，我就會覺得自己受到了誤解，並且變得怒火中燒，再也不想說下去了。

但他要如何全身而退？我已經說過唯一讓自己感到踏實的，就是和他勞燕分飛，這叫他情何以堪？

「我哪次早回家妳不是笑逐顏開的？」他沈著地問道。但我又怎能說他每次都是那副愁眉深鎖的模樣，這話說得出口嗎？

我立刻飛奔向前，雙手緊緊摟住他脖子，然後湊上他的雙唇，希望能撫平他所有的感傷。如果我在哭，那眼淚也是他的。

他也吻了吻我額頭，並說道：「妳會沒事的。」這話安了我的心。但他接著又湊在我耳邊說道：「放心！我們會搞定的！」現在我已經不再相信他了。

這時間終於來了，一直想要告訴他的話終於說出口了。我過去的人生就是努力做個男人的好女人，可是，這種日子如今已譜下了休止符。現在該是我珍視自己需要，別再考慮其他義務的時候了。我的日子終於來臨，可以像個男孩一樣好好享受這個世界了。

在我們婚姻的最後一年，雙方都意識到我們已無法長相廝守了，只是我們都沒說破而已。當時我們也都了解到，無論我們是睡著了還是醒著的，都會有個莫名其妙的第三者不請自來地闖入我們生活中。有時候晚上在我醒來時，發現他也沒睡，正用手扶著腦袋盯住我瞧。

「我們得找些活兒幹幹，」我於是說道：「如果再這樣下去我們的日子是不會長久的。」

「沒錯！」他嘆了一口氣，然後把手環住了我，樣子似乎是死了心，也斷絕了一切念頭。同時我們倆都默默地告訴自己，這就是我們唯一能做的事。

或許在他人生的那段日子，並不想和一個清醒的女人維持關係。有些男人就像他這樣，會愛上做夢的女人。在我們初次邂逅時，他就常夢到自己飛身過來或是騎著一匹快馬趕來搭救我，記得有一次他夢到我受了重傷，後來清醒時還放聲大哭。但我一直不喜歡這個男人以這種方式愛我，或許他也不可能愛上一個清醒或是不需要拯救的女人。

有一天我看到他穿著厚重的靴子步出車子，雖然仍是那麼地高瘦，和以前殊無二致，但我卻好像從來沒見過他似的。當時他就像那棵樹，就像鄰家的那個男孩，或是我們所居住多年的那棟房子，熟悉得似乎已經不認識它們了。後來又突然出現在那兒，看到我後咧開嘴笑了，那副神情就是妳在呼喚老公時，所最希望在對方臉上看到的那種神情。

「妳永遠都找不到一個更好的老公啦！」我對自己說道。

我是在尋覓一個更好的老公嗎？

「結束了，一切都結束了。」當他走近我，然後拉起我的雙臂環住他的腰身時，我對他這樣說道。

過去他一直這樣做，也總是會帶給我無比的慰藉。不過他不知道現在已經沒有慰藉可言了，這動作撫平不了我，也安慰不了他……同時對於我們之間的一切也不具慰藉作用，即使我希望這樣也不再有任何感覺可言了。

我愛被他緊緊摟在臂膀裡，我愛他穿上他父親那件鞣皮夾克時的英姿煥發，我愛和他雙手交握時的那種溫馨，也愛他對我女兒的疼惜。我們常說，女兒的童年可能就是在他手中獲得呵護，與無微不至的關愛，同時也常提到他對我的呵護。

第六章　眼神交會

當然，世界上任何一個地方的女人都有可能變成男孩，但是像柏克萊這樣的地方卻似乎會讓這轉變變得容易些。這地方的許多人都相信，世上任何地方所發生的任何事，或是任何新奇的、冒險的、激進的，以及不切實際的事等，都會先在柏克萊發生。外界人士可以在日常的交談中經常聽到這些，不過卻很難認定這是千真萬確的，抑或只是比喻而已。

我總認為柏克萊是個大千世界的縮影，也是個「最佳範本」，只要認真檢視，整個真實世界裡的一切東西都可以在這地方看到。像是艾蒂絲的那些朋友，即是信手拈來的不錯例子，這些曾把人生故事告訴過我的朋友們，都是無根的浮萍，像柏克萊這種地方本來可以好好收容他們的，不過卻都讓這些人窩在山上那些陰暗偏僻的街道中，如果你誤闖這些「禁地」，只會讓你嚇得夾起尾巴掉頭就跑，甚至認為若是再走下去的話，勢必淪入萬劫不復之境。哈達瑪和她那些朋友們，甚至艾蒂絲本人也都給我一種「虛無飄渺」的感覺，彷彿她們隨時都會老成凋謝，再回到歐洲那段寒微而陰暗的過去，就像她們是我用咒語召喚出來的鬼魅，或是一個孤獨的小男孩在陰濕的冬天裡所幻想出來的人物一樣。

我經常一個人獨自播放他們的錄音帶，因為，我很喜歡聽他們的聲音，彷彿一幕幕過往回憶又重現心頭，氣息中帶著一絲懸疑，而某些字句的抑揚頓挫又讓人覺得有些久遠的事已不復記憶，因此讓他們遍索枯腸起來。至於在任何地方都不會有回家感覺的我，只有在回到這個被歐洲猶太人稍稍同化過的柏克萊，才會感覺到踏實。不過柏克萊是個被歷史逐出舞台的地方，除了少數倖存的殖民地人民，仍視這地方為庇護所外，外人幾乎已遺忘了它，所以儘管這地方的居所長年缺乏，但仍一直給過往者留下了相當多的空間。

馬克斯偶而會與我同來，因為，這個計畫終於讓我從象牙塔裡走了出來，他頗感欣慰，而且，他本身也是個懂得聆聽的人。這地方的人透過艾蒂絲的關係建立了一個規模很小但頗綿密的人際網，在結婚紀念日及生日派對等家庭聚會的推動下，這些人的情誼與日俱增。有一次蘿瑞莎放暑假從大學返家，曾和我們一同受艾嘉・羅森渥斯的孫姪女之邀，和他們共進晚餐。艾嘉是我的好朋友，曾和大文豪托爾斯泰下過棋，他還說有一次曾到托爾斯泰在胡特鐸夫的冬季別墅造訪，在那兒和托爾斯泰的妻兒等一起用過飯，由於那地方並沒有暖爐等設備，所以大夥兒甚至在室內也都得穿上厚重的大衣。就在艾嘉的孫姪女家裡，我三度和哈達瑪不期而遇。

由於她另外有事所以沒留下來吃飯，不過，艾嘉的孫姪女從一個一個的鍋子裡舀了好多湯讓她帶回去，而她也以自家花園裡的一些鮮花回贈。艾嘉答應我要說些過去從沒說過的故事，而且他姪子也興致勃勃地要在一旁聆聽，所以那天我們一大早就到了。或許過去在前往城裡的路上曾和這位老人家相談甚歡，所以那天我們也話興頗濃，雙方真有一見如故之感，而我也重拾失去多年的「社交能力」。話說二十世紀初艾嘉曾在維也納待過，有幾回在市政大廳前面的廣場，看到個衣衫襤褸的傢伙在向他叫賣自己所畫的水彩明信片，許多年後，他想他認出了這個人的身份，那就是阿道夫．希特勒，當時希特勒十分落魄，就住在大雜院裡。當我們家人準備步入他孫姪女的房子裡時，這位老人家還頻頻點頭叫我過去，「妳只要想想看就會明白，」他說道：「如果藝術的力量得到昇華，如果藝術學院沒有兩度把他拒於門外，誰知道世界會變成什麼樣子？或許希特勒在今天會以傑出藝術家的身份享譽世界，而不再是猶太人的屠夫了。如果當初我買下了他的作品，再彼此交換一下友善的眼神，或握握手的話，說不定歷史就會由於兩個陌生人之間的相知相惜而整個改變，對不對？」後來在我們進屋時，他用力地搖搖頭，並做了結論：「妳會發現老人家有時還是會有些看法的。」

我們步入一個佔地頗大的玄關，有一面裝飾鏡，掛衣服的掛釘，以及提供給人換鞋用的椅子。在長廊的盡頭處就是哈達瑪，她穿了件訂做的白色外衣，正在苦惱著如何把湯給弄到停在外面的車上而不致濺出。大概是由於她那位為蒐集稀有手稿，而長年在外奔波、並因而與她感情疏隔的老公決定現身，所以那天她看來有些春風得意，讓人眼睛為之一亮。甚至還改變了髮型，我們頭一回邂逅時她那頭微捲的長髮，如今已改成活潑且有稜有角的短髮。或許是那股短暫的驕傲感使然，讓她看起來比第一次接觸時更為得意洋洋，甚至又重施故技：起初裝做沒認出我，後來又猛然「想了起來」。

只見我一個箭步走上前去，幫她抬那鍋湯。看來一定是我的動作過於諂媚，也很有趣，使得每個人的目光都朝著我射來。只見哈達瑪頷頷首，臉頰飛起一抹紅暈，那微笑令人銷魂蝕骨，同時收回雙手，似乎公開向大家坦承自己的無助和可憐。接著我便發揮出「義助婦女的俠義作風」，幫她把那鍋湯抬到外面的車上。看來我已肩負起許多年來所一直未扮演過的角色，也依稀想起了兒時街坊鄰居的那些男孩：爬樹、打架鬧事，幫我老媽把皮箱搬上搬下，替我三年級的女老師撐傘，或冒著傾盆大雨為她開車門。

後來我倆回首前塵，對這天的事都難以忘懷，而她也認為這是兩人友誼的開始。不過，我卻認為這股情誼是始自數月之前，雙方雖靜默以對，但我卻認定她就是自己所一直尋覓的女人。

早先天氣想必是一片陰暗，當我們步出大門時，多年來我首次碰到的誘惑以及第一次所燃起的激情，就這樣被乍現的陽光給活生生破壞掉了。接者我們便把那鍋湯給抬進車裡，並固定好位置。

顯然哈達瑪經常憑「姿色」賺到食物，而不必親自下廚。

起初我們還為此事而相視大笑，但接下去就不明究理的傻笑了，那純粹是由於笑聲在開始後就一發不可收拾了。只見她縱情於陣陣笑聲中，還唯恐天下不知似的，甚至兩人還把雙臂疾速伸向對方，不過在禮教的壓抑下這愉悅的接觸又嘎然而止，此際，兩人彷彿在陣陣笑聲中一起快樂的滅頂。

「艾蒂絲姑姑一直在我面前談到妳，」哈達瑪忽然奪門而出，我想她大概是開了前車門，「妳一離開，她就坐在那兒嚶嚶低泣，她已經好幾年沒哭過了，還說自己又再生了，心靈也澄澈不少，許多過去遺忘的事如今又都湧上心頭，然後馬上拾起電話，把妳的事一一告訴朋友們。」

看來已耗費了我好幾個月的時間，才弄清楚哈達瑪也是會坦然以對的，這些不經意間的表白或許對她意義最為重大！

我不希望她就這樣進到車裡，然後表情豐富地向我揮揮手便揚長而去。但是，她卻一定會這麼做，就像我們是準備在一兩個小時後再度碰面的老朋友一樣，屆時毫無疑問地會重新聚首，不會不告而別，再見面時也不會視而不見。

「我一直不喜歡笑聲因故中斷，」我沒話找話地說道：「以前在學生時代就經常被叫到衣物間去，因為，我老是笑個不停。」

「我也是，我也是耶！」她一把抓住我叫喊道：「艾蒂絲姑姑那兒，保留了一大堆老師給我媽咪的聯絡簿，上面老是說我不停地在講話，笑得又很大聲。我們這就去找艾蒂絲姑姑，讓她把那些玩意兒給我們看看好不好。」

哈達瑪就是會說這種話，能夠在瞬間拉進兩人的距離，也會做出讓彼此更加親密的承諾來。不過即使那些聯絡簿真的有，也不代表我們一定會促膝欣賞，尤其在當時我更肯定這點。

「可以打電話來嘛，」她說道：「如果能順便過來坐坐那就更好了，姑姑說妳就住在附近。」

但這次她似乎並不是在不經意的情形下，順口說出這些話，因此大概也沒辦法像以前那樣雲淡風輕了。接著一切都似乎靜止不動了，剛剛那種不雅又戲謔十足的玩笑動作，也在瞬間消逝得無影無蹤。

她凝神地望著我，那種表情簡直讓我不敢置信是出自哈達瑪的，就像是在苦苦哀求我，千萬不要讓兩人的友誼就這樣譜下休止符；也像是在採取「緊迫盯人」以懇求我接受其邀請似的。總之，這種含糊而曖昧的訊息，以及這種靜默都像是在乞求協助。這一次讓我覺得我倆是明顯的「共犯」，就像是我們已經開始帶領兩個表面上互不相關的生命，一塊前往參加一個有意義但卻說不出口的祕密聖餐。

我的目光瞟向他處，因為，我想她大概不希望別人看到自己這副神情，但是當我再度回首時，卻驚見她表情如故，甚至更為明顯，就彷彿要我確切接收到這副神情所傳遞來的訊息。在我們之間的親密接觸中，我漸漸瞭解到她，而在這短短數分鐘內也讓我明白兩人的親密感究竟會深入到什麼程度。

在那些日子，即使是點頭之交的女人們，也會開始互相做一些親吻或擁抱的動作，所以哈達瑪湊上前來，把臉頰輕輕貼在我腮幫子上道別的動作也就見怪不怪了。

第七章　一舞心盪漾

如果兩個女人無法了解她們為什麼想要做朋友，那麼她們友誼的進展一定是緩慢的、慎重其事的，而且也疑神疑鬼。她們之間並無交集，所以會意識到兩人是被什麼東西給勉強湊在一起的，要維持下去並不容易，就彷彿有股神秘的力量出現，然後在她們身上「做法」，甚至要她們對抗自己的意志，不過這所為何來？

哈達瑪身兼數職，是許多理事會、委員會或是基金會的會員，平常一大早就出外奔波，一直到晚上九點左右才結束一天的工作。這種時代女性一走到街上，想必會受到大家的歡迎和致意。現在，她也希望大門不出，二門不邁的我，以同樣的方式對待她。

我並沒打電話給她，也沒順路拜訪她。我一直是個「穴居人」，但還沒喪失社交場合中那些有趣而可愛的一面，說起來我和她還是同一類型的女人，老於世故、有野心、習慣被人奉承，不過卻瞧不起到處尾隨自己的「哈巴狗」。我似乎本能地了解這點，因此，我會躊躇不前，會與他人刻意保持距離。如果她就是會讓我改變一生的人，如果這次沒錯的話，那麼晚幾個禮拜甚至晚一兩個月又有什麼關係。

那天在我離開艾蒂絲家時，又再次和她巧遇，不過這次她只隔著車窗向我招招手。至於另一次則是在公園裡和她打照面，當時我和一個叫傑金・林登的外科大夫漫步在公園中，林登於本世紀初即在柏林懸壺，那天他穿了件有襯墊的馬甲，因而小腹微禿，正打算向我表演多年的學習成果，那就是如何微彎著腰走路。當時他還是個年輕人，不過卻被迫讓自己看起來顯得老成持重些，否則就不會有病人願意登門求診，因此儘管他視力奇佳，卻仍戴了副眼鏡，然後又黏上假鬍子，直到自己的鬍子長得夠多後才作罷。

那天我們還到植物園裡餵松鼠，只見他把手十分輕柔地放在我頭上，好像我讓他想起了另外一個人似的，「妳多大啦？」這問題並不會讓我難以啟齒，不過他還是兀自接口道：「年輕是項戰後的發明，當我處於那年紀時，是沒有年輕這玩意兒的，有的只是不成熟而已。」

他的目光越過我上頭，落到一座小橋的方向，接著開始面露微笑，同時舉手相迎，而我在頃刻間也知道他迎接的正是哈達瑪。其實我無需轉頭就知道一定是她，以後我們的「默契」更是與日俱增，甚至在還沒看到她人影或聽到她聲音前，就知道她是否會現身，是否獨自前來，或下一刻是否還會出現。

當時她是和幾位與自己年齡相若的女人一同步行，她們的穿著都很體面，聲音也都低沈渾厚，當一行人穿過養鴨池前的那片草地時，哈達瑪的身影從我眼角一掠而過，當時池面上還有些黑色的天鵝。我想她也瞧見了我，但馬上又環顧左右，然後假裝很吃驚的發現我。她們一行人這時都佇足下來，和面前的這位老人家打招呼，而林登也立刻起身向她們鞠躬，然後抬起哈達瑪的纖纖玉手湊到自己唇邊。

「我想你已經和我朋友打過照面啦，」她低沈的嗓音滿是愛憐，「不需我再出面了吧？我覺得你們倆倒有頗多共同之處。」

林登和我怯懦地對望了一會兒，彷佛並不知道我們是因為哈達瑪的緣故，才湊在一起的，只見片刻間她便控制了整個局面，並立刻留給大家一種親切而溫馨的印象，讓人們在不經意間馬上向她「棄盔卸甲」，以求進入她的世界。其實這有什麼好奇怪的？如果我對了她的味兒，她還不是會立刻向我「棄盔卸甲」，以求投入我的懷抱？

此刻我也站了起來，因為，他把我介紹給了其他女人。她們似乎聽過我大名，因此都顯得一副很高興的樣子，也彷佛有許多話要跟我說，或許是因為她們和遠房表哥在過去的一段情，是我所樂於記錄的。

只見每個人都充滿期待地望著我，好像正等著我提出些能讓大夥耳目一新的東西。只見我拉起哈達瑪的手，放在我的手上，然後學著老人家佝僂著腰，緊接著又舉起她纖纖玉指並湊近我雙唇，最後直立起自己的身子。

我就像是個舉止輕浮的男孩，一個無賴，有點狂野，玩世不恭，而且倨傲中又充滿了自信，視贏得眾人欽羨為理所當然，不管每個人對我是哄堂大笑或是鼓掌喝采，我都不為所動，也不會感到訝異。顯然我早已贏得迷人而喜歡標新立異的「令譽」，敢言人之所不敢言，或是毫無忌憚地做任何事。想必哈達瑪本身也是這種人，只見她凝視著我，就彷彿我是個戰利品，或是她的姑姑艾蒂絲，或是艾嘉‧羅森渥斯，甚至是來自於布拉格，並身為卡夫卡老姊閨中密友的那名老婦人一樣——她們其中任何一個都會替我美言的，因為，我在這一行人中是衷心地感到快樂。我大概是具有喜歡突發奇想、快活、以及自然而不做作的傾向，但事實上若深入探究的話，就不難了解我什麼也不是。只有到了現在，才顯現出男孩的樣子，這種形貌的出現，把我從自己手中給拯救出來，引領我重啟生命，並進入這個世界——只有鬼魅、難民和陰影所構築的這個世界。

我握著哈達瑪的手死命不放，也或許是她死纏著我的手不放。我注意到她手指關節抵住我雙唇時所帶來的些微壓力，那是種親密的接觸，即使拿目前我所知道最激情的熱吻與之相較，也變得索然無味。我可不想放棄這種全新的感覺，甚至她戒指緊緊扣住我雙唇時的那種壓迫感，或是庚申薔薇香水在她身上所散發的那股淡淡麝香，都讓我意亂情迷，久久不忍離去。我想在她用銳利且有警告意味的目光望著我之前，是沒有注意到這些的，或許這是種認可的目光，令人目眩神迷，甚至是種恐懼之視。但沒多久她就優雅地鬆開了我，並把雙手高舉過肩，好像是把祝福帶給老者和我，然後又輕吻了一下他的面頰，並揮手向我道別。那四個人就這樣漸漸遠去，後來一行人還低著頭湊在一起，似乎在熱烈地討論什麼事。

不過就在植物園的門口，她突然轉過身來，朝著我們這兒走了幾步，然後愉快地叫道：「一定要打電話來，還記得嗎？你答應過的噢！」

她可能是對著老人家說的，也可能是衝著我說的，不過很明顯這話是說給我聽的。看來她是一定要把這話帶到，不想再等其他機會了，顯然這對她意義重大，難道，這就是我朝思暮盼、期待多時的暗號？

我有好長一段時間沒有打電話去，距離前次一定有好幾個禮拜了，然後就在我和馬克斯婚姻告終的當天，才又撥電話給她。我開始了解到電話一旦打了，哈達瑪和我就到了十字路口，在那兒我可能赢得她，也可能會失去她，不過不管怎樣，都會帶來極端的快樂，而且，也都會做出個抉擇。我覺得這就像哈達瑪和我之間的每件事一樣：我們已被它牽著鼻子走，彷佛我們步入退潮的海邊，就只能雙手緊緊相握，並一起被浪沖走。女人與女人間的友誼可能步入此一旅程，哈達瑪了解這點，而我也很明白。

她在玄關等著我和馬克斯，那是我們夫妻第一次上她那兒吃安息日餐。不過邀請我們的卻是艾蒂絲姑姑而不是她。只見她奔下階梯相迎，然後雙臂分別挽住我們夫妻的手一同步上階梯，並進入屋內，雖然她以前從沒見過馬克斯，而我也一直沒打電話給她，但她依然熱情相迎。

艾蒂絲姑姑在屋內的大門邊等待，先前所遇到的那些小女孩也在那兒，院子裡則有些高大的男孩，而那隻金黃色的獵犬也湊過來嗅個不停，另外還有隻上了年紀的狼狗一直與我們保持距離，但卻始終瞅著眼睛嚴密地「盯哨」。哈達瑪這時就像是我們失散多年的家人，拼命把我們夫妻介紹給那位留著一撇紅鬍鬚、上衣口袋裡放著煙絲的肥佬，那位在東京搞雕刻的藝術家表哥，以及以前在公園裡就碰到過的一些女人，她們不是哈達瑪的表姊妹，就是姑嬸姨婆之類的長輩，再不就是些姻親，並且都和哈達瑪一起在那些委員會裡服務。其中有位十分苗條纖細的女人，整張臉看起除了有些蒼白外，還憔悴萬分，像是歷經了風霜，經過介紹才知道是位胸腔科大夫，而她兩個女兒則死纏住哈達瑪不放，並不斷為了她右手裡的東西在扭打著。至於那三名男孩的行為則頗為中規中矩，或許是意識到自己如今已是社區裡的大男孩，必須現出尊嚴與高貴，才能在把酒言歡之際不致失言。另外，艾嘉•羅森渥斯也在座，只見他鬍子理得頗為整潔，全禿的腦袋閃閃發亮。接著哈達瑪又把我介紹給兩位上了年紀的女人，她們似乎是姊妹，目前正待在哈達瑪家裡，而且好像和那位年紀較大的男孩關係匪淺，但是，周遭的人太多了，實在弄不清楚他們之間的關係親密到何種程度。

受邀的那天晚上是我頭一次打入她家族的「核心」，他們一個個都頗有來頭，有醫師、律師、牙醫、稅務人員、業餘藝術家，以及各類專業人員，其中男的大多為老饕，對吃的頗為講究，而女的則大都為專業人士，不然就是自己開公司。一到了週六晚上，他們會連袂欣賞歌劇，對其歌詞和曲譜也研究得十分透徹，此外他們每次都是先訂票，而且耐心地把座位逐次往前排移動，經過這幾年下來，劇院裡最好的座位幾乎全被他們包了。在中場休息時間，他們並沒以香檳佐興，而代之以咖啡糕點，不過喧嘩聲直逼樓下的大廳，害得那兒的表演者頻頻出錯，而他們還對此議論紛紛，並提出過份嚴苛的批評。後來我也經常伴隨著哈達瑪欣賞歌劇，而她所訂的座位也始終在她老公之後，以刻意保持距離。在我們成為好友之前，她經常把票饋贈給別人，但當她發現我也熱愛歌劇後，那些票即泰半落入我口袋中。每年的歌劇季是由初秋一直到十二月的週六晚上，我們倆幾乎每次都會去，結束後就偕同另外一些熟識外出用餐，十二月份有兩次是我倆單獨享用，其中一次更留到打烊時，最後還勞煩店員禮貌地催駕、送客。猶記得我們在這家名為海耶斯街燒烤店的餐廳裡痛飲了六杯上好的櫻桃酒，並一起享用了一大堆含有濃烈酒香的牛奶糖。那幾個晚上我倆在一起都頗為輕鬆愉快，就像是多年老友相聚那樣，互相舉杯、一起喁喁私語，快樂中甚至一些輕佻的動作，也被視為理所當然。

但是我第一次和她家族享用安息日餐時，由於大夥是坐在一張長桌上，所以和哈達瑪只能遙遙相對，當時我身旁坐的是艾嘉以及另一名頻頻敬酒的男孩子，對面就是馬克斯。這種座位安排讓我備受矚目，也立刻讓哈達瑪有些芒刺在背，她似乎一直視我為「禁臠」，不容他人「染指」，因此我只好靜靜地待在位子上。

用完餐後椅子都放了回去，那個留著紅鬍鬚的胖子彈著吉他，艾蒂絲姑姑則擊掌並用腳打著拍子，而艾嘉則伸出手來準備邀舞，於是艾蒂絲抓著一名女孩，那女孩則挽住一名口中喃喃罵人的高大男孩，而他則抓住那名女大夫，只見她帶著那群「小雞」一步步慢慢地沿著長桌移動著，就像個不斷移動的大圈圈。每當有人通過桌子頂端時，就想用手去抓哈達瑪，而她則一味閃躲並且不停地笑著。就這樣我們暫時都成了彼此的舞伴，直到精疲力竭，這時，一名小孩突然對我吐露一個祕密：「哈達瑪從來沒跳過舞！」

哈達瑪從來沒翩翩起舞過？即使是她最無意間的姿勢

或動作也十分優雅而動人。她有雙纖纖小手，手指細長精巧，一雙玉腿更是修長，還有個模特兒般的臉蛋，以及細緻動人的頸子，再加上銀色的手鐲以及一雙熾熱而火紅的眸子，即使慵懶地斜倚在桌子邊不想下去跳舞，那雙眼睛也會「灼傷人」。或許是由於她一直推拒不就，所以整個「舞群」似乎就圍繞著她一個人在打轉，也彷彿我們的一舉一動、一顰一笑都隨著她的意願而轉動。

哈達瑪從未翩翩起舞過？但如果我邀請的話她是會跳的，不過我決定這麼做了嗎？不久，年邁體衰的艾蒂絲和艾嘉退出了「舞池」，而隨著音樂和擊掌的不斷加快，我也移動得愈發快速，就在我像個陀螺似的旋轉到桌子盡頭時，突然間停下了腳步，然後向她深深地鞠躬，而她也在猶疑間緩緩伸出手臂，最後有力地握住我的臂膀，就像是被我從咒語中解救出來一樣。

我又再度成為一個男孩了，對男孩子來說，一切的問題似乎並不難，只要跳到她面前跟著她一起旋轉，再把我有力的手環住她纖腰，然後踏著舞步，從桌子的一角興奮地大叫著走向另一角就行了。一時之間我們完全放開了，也豁出去了，彷彿拋開了所有的壓抑、禮教的束縛和羞窘。我有權向自己所愛的女人獻殷勤，由於我採取了這個態度，所以她也有所回應，也由於我沒有片刻猶豫，所以她也就起而與我共舞。剛才我那個模樣有些滑稽的鞠躬，曾讓一個叫史蒂芬的男子心防盡撤，習慣性的搖頭動作也從此不再出現，至少現在我也是收服了哈達瑪，一改她懶散而一味拒絕別人的習慣。看來那種速度、那種暈眩感，以及動作的那種激烈衝勁，已讓她忘了過去從沒和其他女人共舞過。從她卻拒還迎、猶抱琵琶半遮面的樣子看來，我敢說她一定愛死了我雙手纏住她纖腰的那種渾厚有力感，從我倆糾纏緊密的旋轉中，我也知道我們已放開身段，把自己完全投入於這股力量中。就在我縱身一跳想把她拉回來時，她也急切地轉回到我身邊，之後我看她目光一抬，表情有些不知所措。

這是另一個讓我倆大笑得一發不可收拾的場合，不過，這卻不是第一次讓我倆感受到社交活動中那種戰慄、刺耳以及令人迷惑的一面。當然，其他的關係則是後來在她樓上房間的窗戶邊建立起來的，那晚我們曾促膝到第二天凌晨，不過卻幾乎沒有交談，看來我們已把本來相距遙遠的兩人推向奇怪而無法預測的改變之中。

第二部

第八章　慧劍斬情絲

那隻銀白色的狗被栓在停車計時器上，只見牠昂首挺立，就像個貴族世家一樣，短短的毛皮一片潔亮，彷彿剛剛才「整修門面」過，至於那模樣則讓人感覺到，過度的自制反而會遭致不必要的羞辱。看來牠的主子只消說句話，牠便會永遠乖乖地在那兒等著，周遭不管怎樣牠都不為所動。

至於那個高大的男子則有頭淡棕色的頭髮，正從樓上的照相館走了下來，一名婦女則在他旁邊亦步亦趨。這兩人似乎都認識我同伴，只見他們迅速地走向我們這邊，同時面帶微笑，熱切地歡迎我們。

我和馬克斯就是在這種情況下經人介紹而認識。

和哈達瑪成為朋友後，我把這故事講給她聽。

後來我懷著一顆興奮的心走回大街上，忽然一輛車急速衝來，說時遲那時快，只見馬克斯一個箭步走上前來拉住了我，就在我渾身發抖之際用他結實的雙臂緊緊擁住我肩頭。這就是我倆見面時的場景，以及事情的發生經過。

那隻叫莫文斯的銀白色大狗立刻豎直耳朵，眼睛直勾勾地瞪著肇事的汽車。那名駕駛停下了車，然後慢吞吞又一臉羞愧的朝著我們走來，口中忙不迭地賠不是。但莫文斯卻是一副懶得搭理的模樣，似乎對對方的辯解一點興趣也沒有，接著又露出森森利齒，並高吭地吠了幾聲。

我的同伴桑姆這時走過來拉住我臂膀，準備要帶我離開。桑姆和馬克斯都是「社會責任醫師」這個組織的會員，最近又在一場示威活動中碰頭，以支援沙利那斯谷葡萄採收工人所發起的罷工。只見桑姆眉頭緊縐，是因為剛才馬克斯在生死關頭一躍而出，以搭救弱女子的俠義行徑讓他汗顏嗎？

桑姆和我往港口走去，而馬克斯則和他女友相偕進城。不過這時我卻頻頻回首，好巧不巧的看到馬克斯也不時回過頭來，所以當第二天一大早我和桑姆接到他電話時，並不覺得太意外。馬克斯在電話中邀請我們去他的船屋，參加新年夜派對。

桑姆想推辭掉，但最後我們還是去了。就在我們攀著高梯子爬到船上，以及在搖搖擺擺的甲板上前進時，桑姆還把手重重壓在我肩膀上。只見那兒擠了一堆人，大都三十不到，和我年紀相若，這些都是專業人士，有藝術家、作家，也有攝影師等。沒多久我就和他們打成一片了，像是回到了自己的家裡一般，不過桑姆卻放不開，沈默寡言的，雖然在地方上是名有頭有臉的人物，大家都能馬上認出他來，但這時桑姆似乎有著不必要的拘謹。

馬克斯坐的是把老舊的椅子，表面已經磨掉，裡面的絨線露了出來，看來大概是被那隻銀白色的狗摧殘了好多年。整個屋子相當昏暗，只有廚房裡透出一盞燈，然後就是窗檯上的一些燭火在隨風搖曳，至於昨天出現在他旁邊的那名女孩，也如影隨形的坐在他旁邊。這時桑姆走來，遞給我一杯紅酒。

馬克斯這時拿了把吉他開始一展琴藝，那是我自幼便熟悉的工會歌曲，接著又唱了一兩首詩歌，下台後只聽見一陣驚嘆聲，接著便是鼓掌喝采聲。馬克斯所彈的每首歌我都不陌生，歌詞甚至可以倒背如流，因此打從那刻開始，我就認定他的那些曲子都是為我一個人演奏的，在我眼中，馬克斯就是能讓每個女孩子不計任何代價與他共度餘生的那種男人。不久，他又彈了幾首猶太人搖籃曲、俄國民謠以及西班牙的歌曲，其中那些猶太搖籃曲和西班牙歌曲我都很熟，而那些俄國民謠，我也曾在莫斯科的青年節慶祝大會上學過，就這樣在不知不覺中，我也跟著唱和，有時唱走了音，還得勞駕他把我糾正回來。後來當他發現自己所彈的每首曲子都難不倒我時，就索性把吉他放到一邊，從椅子上一躍而起，然後跑到我面前突然雙膝一軟就跪了下來。由於他人高馬大，所以即使跪倒在地仍「仰之彌高」，害得我必須抬起頭來才能「瞻仰」到他。

我們的雙親都是來自於東歐的激進派猶太人，而休倫阿雷契則是馬克斯的遠房表兄弟。由於我和馬克斯雙方的背景相同，所以有些故事對我們來說都很熟悉，不過其中有些結局我始終記不住，因此老爸每次都能把它們說的是懸疑性十足，並弄得我坐立難安，也因此不管故事說了多少遍，我都會興趣盎然的聆聽。在這方面，馬克斯也具有和我一樣的「能耐」。

當時他年紀輕輕，渾身散發著光與熱。細看之下，尚可發現他有湛藍的眸子，淡棕色的頭髮，以及高挺的鼻樑，顯示出他是個容易受到傷害、敏感以及有智慧的人，而眸子的那股歡愉之色，則是相當清楚而可見，彷彿是幸福的守護神一樣。無疑的，他是我所見過最帥氣英挺的男人，當時我的確是這麼想的，而且認定這種印象可以經得起時間的考驗而永遠不變。當時他未到而立之年，而我也不是在他身旁路過時還忍不住頻頻回顧的唯一女人，不過我們卻有如乾柴烈火一般。那天我們跳了些舞，最後還因為兩人有聊不完的話題而不得不停下腳步。桑姆索然無味之餘想打道回府，於是馬克斯就鼓起如簧之舌，打算說服我們留下來喝杯香檳。那天晚上，我們外出看煙火表演時，又讓我再度面臨到重重困擾中，當時我為了取得更佳的視野和角度，還爬到船舷上的欄杆，這些動作本來並不算什麼，我知道如何快速移位並且駕輕就熟保持身體平衡。不過桑姆就看呆了，情急之下還摸索著上來，要抓住我的手，由於重心不穩，我開始搖晃起來，馬克斯見狀立刻上來抓住了我。

雖然這只是場虛驚，而且當時正值退潮，不過過程卻扣人心弦，也嚇出了我一身冷汗。我知道自己是在冒險，有時雖然會帶來意想不到的收穫，不過卻可能造成無可彌補的遺憾。在我來看，馬克斯就是那種會在生死攸關之際跑來搭救我的人，後來，他也成了我的「避風港」，凡是在其他地方受到委屈，就一定會回到他身邊。不過，在往後的十二年，這種和諧與默契卻隨著關係的淡化而終告落幕，而一旦它的根基不穩，兩人的關係遂搖搖欲墜。

這就是我終於忍不住撥電話給哈達瑪，向她坦白交待的原因，當時我就知道和馬克斯的關係已步入終點。猶記得從前不知道多少次因為在外受到挫折和打擊而回到家裡，雖然飛機老是誤點，可是，馬克斯卻始終會手捧著束鮮花佇立在機場，雖然花已開始枯萎，但卻可以撫慰我受創的心。還有，每當我被困在西海岸的「嬉皮交心大會」上動彈不得急欲返家，但又不敢一個人開車時，總會打電話給他，而他也會猶豫片刻，因為，他必須盡快地盤算一番，看看自己是否會再度受到傷害，然後再決定是要慧劍斬情絲，把自己一手所建立的這種不明確且「不痛不癢」的關係給一刀兩斷，還是撂下手邊工作，飛奔過來拯救我——有時這一趟就要他繞上大半個地球。

當時有許多女人都在想，如果沒有男人的話人生就是一片空白，而哈達瑪即忝為其中一員，當我把自己和馬克斯那種關係告訴她時，哈達瑪一直沒弄明白我的意思。在我「穴居」的那段日子裡，馬克斯和我一直期待著一個能讓兩人攜手共度的真正生活，可是，我卻未能始終廝守在他旁邊，而讓姻緣如同鏡花水月一般。其實我和他共同之處頗多，應該十分契合才對，但我倆都不想被對方牽絆住。有些人際關係就是如此，當你不想和對方再續前緣時，就會另覓他人，看來馬克斯和我之間亦擺脫不了這種宿命。

那時我就是這樣看待這件事的，我覺得每件事都是可以預先想像的，也都是命中註定的，就好像我們的生命只是一個不斷重複且老掉牙的故事一樣，或許，絕大多數人的故事都是這麼拼湊起來的。最後一連好幾個月，我都在等待一個適當的時機，好正式結束和馬克斯的關係，只有這樣我的整個人生才可能改變，而且和哈達瑪的關係才可能展開。在必要時這一切就會發生，而且一定是循此模式發生。

有段時間我一直期待著馬克斯回家，那些日子的感受著實難以描述，因為，大部份的人都不知道時間停止運轉是什麼滋味。我過去經常在工作時間打電話給他，把內心的痛苦扎掙與煎熬告訴他，而他就會盡快趕回家裡。但有一天我打電話過去後他竟忘了回家，於是我又撥電話到他辦公室去，不料他卻不在那兒，我立刻跑到屋外等他。然而左等右等都沒見到他回來，於是又回到屋內，打電話給他的朋友吉姆，吉姆說從一大早就沒看到他的蹤影。接著我就跳進了車，在外面瞎逛了一會兒，其中還途經我們曾一起喝過咖啡的電訊大道，並開到我們一起游過泳的俱樂部。

我在開車時，還可以清清楚楚地看到時光的腳步正悄悄穿越過其他人身邊，透過車窗玻璃，他們在那一頭似乎都能活出自我，讓生命變得豐盈而充實。只見陽光灑在他們身上，時光從他們身邊悄悄逝去，讓他們的世界看起來是「活蹦亂跳」的。但是，我卻孤伶伶又苦惱萬分地站在一處陰影下，看來只有馬克斯知道要如何解除我的苦痛。他只要回到家，把那雙又暖又厚實的雙臂緊緊纏著我，讓我哭一會兒，我就會感覺好多了。其他任何人都沒有這把「魔鑰」，而且過去他從來不曾在這重要時刻缺席過。

我沒指望他會出現在那家俱樂部，但我必須盡盡人事，於是就走了進去，不料一進去就認出了他，他正怡然自得地躺在太陽下看報呢！不過他始終沒瞧見我，我也一直沒趨前打招呼，就這樣我靜靜地站在門邊，身子斜倚在一台販賣機旁。那感覺就像是他的祕密突然在我面前洩露出來一樣，不管他相信自己有多麼愛我，可是現在卻表現出一副無關痛癢的模樣。

這並不是我所願意做的決定，而是不得不然，只是我們不願承認，而且他對此事比我更哀傷逾恆。看來我一定頂著大太陽在那兒等了半個小時，由於陽光太強，刺得我眼睛幾乎張不開，但卻可以讓我感受到兩人之間那種無形的枷鎖，而那種靜謐也在瞬間變得清晰可聞。看來時間已回到我這邊，在時光的流逝中，那種無法忍受的感覺也慢慢消逝得無影無蹤。他不再想要拯救我了，那我呢？如今也不再需要拯救了嗎？這可能嗎？

於是我轉身回家，三步併作兩步地衝進屋內，然後抓起電話便撥給哈達瑪。在電話中她把去她家的捷徑交待清楚，我掛下電話立刻啟程趕赴她家，沒有片刻停留。

當有必要弄明白的時候，卻發現沒有一樣東西是可以弄明白的，有些該說的話之所以會臨到嘴邊又嚥了回去，就是因為知道它的時候已經太遲了。當時我和哈達瑪的友誼才剛剛開始萌芽，這個我所見過最聰明、最具誘惑力、最行蹤成謎以及最具野心的女人十分矛盾，讓人無從捉摸，雖然能夠讓你死心塌地的跟著她，但也可以在瞬間讓你們那種親密感消逝得無影無蹤，當然，她更有能耐讓你一直為她魂縈夢繫下去，並期望兩人能共譜戀曲。

在我到達她家時，門已微微開啟，我輕輕地敲了敲門，然後聽到她在裡面答腔，原來是要我進去。那時她正坐在一個小房間的地板上，法式的門開向花園，而她則把茶沏到幾個小茶杯裡，當我和她面對面坐在兩個相同的繡花枕頭上時，茶還兀自冒著熱氣，只見她盤腿而坐，右手輕輕放在大腿上。這是我倆第一次獨處，本以為自己會有些怯場，但一切都是那麼地出乎自然，彷彿是老朋友相聚一樣。

我舉起面前的杯子，告訴她有關馬克斯的事，有關命運的本質，也告訴她愛的力量可以喚醒人們奇妙而茫然無知的心靈，讓它穿越時空、穿越永恆尋找到它的心上人。起初她看起來像個嬌羞的少女，似乎有點不知所措，但旋即高興得鼓掌叫好起來，拿起我的杯子便一飲而盡，然後再斟滿了它後交給我，同時輕輕把手放在我臂上，高興得笑了起來。接著，她又一本正經地聽我傾訴，神情之嚴肅超乎之前我所碰到的任何人，最後，她竟嚶嚶低泣起來。

我立刻感到一陣瘋狂的天旋地轉，就像是參天巨木的根啪的一聲給硬生生的折斷，也好像清純的欲望被什麼東西給猛刺了進去，而原先的輕率和不負責任也彷彿被針給扎了一下。我一躍而起向前邁出一步，我知道這一時刻已經到來，於是跪在她面前。這時她停止了哭泣，而我則托起她的臉蛋，放在兩個手掌中仔細地端詳她，像是接著就要吻下去似的。看來一切是那麼地順理成章，只見她倒在我胸前，臉蛋埋在我肩頭，就彷彿兩個從未單獨喝過茶的人激起這種狂濤是再自然也不過的事。

第九章 甦醒

真懷疑是不是有人把所有女性的事都統統告訴了我們，女性只要一走進禮堂，當了媽咪，或是首次做了祖母或外婆，就表示今後面對的是多人世界，人倫共處的意義對她們而言，也尤勝於那些獨身的任何人，甚至還超過她們的丈夫子女。但是，此一事實中也隱含了一個共同的祕密。

即使沒有性，或只有性而無激情，只有激情而缺性慾，或是只有性慾而沒有任何示愛的言語，女人與女人間依然是可以親近的，她們可以從相視大笑，慢慢轉變到悄悄傾訴衷情，而至咬耳朵的親密關係，最後進展到官能上、肉慾上的激情。世上沒有一個人能說得準，那種友誼是在什麼情況下悄悄閃到一邊，而由愛情代之而起。

這種神秘使得兩個女人間的每種關係都讓人產生一探究竟的念頭。如果兩個女人間單獨地發生了些社會所無法認可的事時，那麼她們要如何共度每一分每一秒呢？這期間到底會發生什麼？由於這種關係是微妙的、是默默進行的、是不明確的，而且是可以享有這種祕密的，所以它的實際特質通常都是隱而不見的，即使女人自己也無從捉摸。

當女人們在一起時，那種笑聲是男人所從沒聽過的，不過當此刻被別人看到甚或感覺到時，這種笑聲就會有很明顯的轉變。這時她們會變得像懷春少女一樣，或是遮遮掩掩的，或是無憂無慮的，亦或是羞答答的，但是，兩人共處的歡愉卻永遠不會就此煙消雲散。毫無疑問的，即便兩個情愫日增的女人間，也可以弄得神不知鬼不覺的。或許最佳的狀況就是那種「文火細燉」型的，兩人一起「甦醒」，然後互相「啟蒙」，以逐漸展開彼此關係。通常男人或是整個社會文化在這時仍未意識到她們已經覺醒，根本不曾想像到她們之間會存在著什麼，因此一切都被矇在鼓裡。當然只有這樣才能保持這個祕密，不致遭到一些無可避免的「非法入侵」、嫉妒，以及破壞。

不過如果只有一方先「甦醒」，開始了解了一些另一方所不知道、經不起知道、不能知道，或是不願意承認自己知道的事時，那困難度就會提高不少。然而即使這樣，甦醒的一方仍會緊緊抓住對方，抓住那個無法獻出自己、但卻始終割捨不下的另一方。

這時，甦醒的一方會了解到一些值得了解的事，而仍未甦醒的一方則無法注意到此一情況。前者會希望後者也能像自己一樣了解到這些，但對於所牽涉到的風險卻未必欣然接受。或許她相信可以藉由照顧對方、與對方保持密切關係等方式，慢慢讓另一方發現到這些。或許原本厭惡這種感情的另一方會被朋友身上的改變弄得意亂情迷起來，她親眼看見這些改變，也意識到朋友已陷入了情網，雖然此時她是猶豫不決、欲拒還迎，也不願承認這愛情和自己有關，然而當對方的那股慾望開始在她身邊徘徊不去時，她就會查覺到它已火辣辣的甦醒了，也意識到對方那種熱情的、微妙的，以及無微不至的關懷和呵護。

從前「昏睡」的她也會因此而甦醒嗎？對方是不是該輕輕的搖醒她？對方何不握起她的小手，把她拉到跟前，看看她有何反應？但如果喚醒她的方式過於粗糙、野蠻的話，又會怎樣呢？因此一切都要小心謹慎，步步為營，盡可能把自己的每一分、每一秒都用來陪她，在晚上坐在她床沿，在她沈沈睡去時說故事給她聽，但千萬別叫醒她，也別讓她發現她變成了男孩，只要靜靜地等待著，珍惜這個比自己慢些甦醒的愛人，並且要注意衝著妳而來的每個信號和暗示。

第十章　表白

你是否覺得自己很想邁開大步，做些瘋狂、不負責任，而且會改變自己整個人生的事？當我「猴急」地在車上就把哈達瑪給拉到我這邊時，她還問我為什麼要這樣，然後猛然回到她自己的座位上。這種態度就在完全出乎意料的情況下乍然出現，不過，它消失的速度也和出現時一樣讓人措手不及。因此，我始終提高警覺，生怕錯過它們的來到或離去。

我把車停到附近一個昏暗的街道上，過去她就常往來這條街到她最喜歡的餐廳去，而隔了幾戶就是那座廢棄的教堂。她認識那餐廳的廚子，也相信他可以為她及她的賓客們變出別出心裁的佳餚美食。那餐廳不大，食物倒滿可口，在接近我們那桌的轉角處有個燒木材的爐子，我還以為這就是我倆獨一無二的小小天地，不過事實上她經常光顧這兒，而且也未必都偕同我來。

當我們步下階梯時，她回過身來緊緊握住我的手，「怎麼樣，妳呢？」

我仔細審視她的每句話，以了解它們是否和我有關。

「當然我想改變自己整個人生！」在我開啟那道沈沈的大門，讓她先進入餐廳時，就這樣說道：「每天一大早醒來後，就在思索如何改變自己的人生，接連一整天甚至每個晚上都在想這種事。」

「是噢！」她回答道，就好像真正了解我談的是什麼一樣。

「尤其是打從碰到妳以後，更是讓我成天思索這種事。」

「來份甜點！」她不以為意地舉起手，叫住了一個著夾克制服、有摺襯衫和褪色牛仔褲，而且裝作沒瞧見她的侍者，「尤其是碰到我以後更是如此？」

她口氣裡有些好奇，就好像完全不知道在我倆之間那種日益增長的親密關係似的。不過在其他場合裡，她似乎又很清楚我們都是互相倚靠、彼此珍視的人，甚至有時還會親口說出這樣的話來。但當我下次再遇見她，希望她繼續這樣坦白，甚至希望這種親密關係能有進一步發展時，她卻似乎把過去的一切都給忘得一乾二淨，彷彿過去從沒發生過一樣。

我怎麼會就此退縮，於是繼續說道：「沒錯！尤其是遇見妳以後……這會讓妳大吃一驚嗎？」

我一直期待她能回應這種直接的挑戰，而這次她也沒讓我失望。

「我注意到我們的友誼似乎對你意義極為重大，不過妳必須要了解，金，這重要性對我來說也不遑多讓。」

這句話讓我一時之間屏住了呼吸，當我們並肩坐到角落邊的那張桌子時，這聲音細如蚊蠅。那是個仲夏夜，略帶些涼意，那只銅質的火爐上正燒著些小松果，火光照亮著周遭，也燃起我們熾熱的心。

餐廳裡還有個酒窖，只要穿過桃花心木做的吧檯，再爬段陡峭的梯子就可以到達那兒，看到一瓶瓶的酒儲存在大板條箱中。侍者帶了瓶她最喜歡的酒，那是來自於安德森山谷的查多那，相當「來勁兒」。只見侍者為她斟了一小杯，她微笑地頷首，而他也微微點頭致意，並親自品嚐了些。顯然氣氛由於他們之間的小小儀式而變得愉快起來，至於哈達瑪也展示出她那種容易讓人產生非份之想而踰越禮教的「能耐」。

接著，我們桌上開始「人聲鼎沸」起來，她說了些發人深省的話，似乎裡面含意頗深，但旋即顧左右而言他。過去我就曾觀察到這種情形，隨著時間我也逐漸習慣了，比方說她常提到我對她的意義是多麼地不凡，但沒多久又轉移了話題，把我弄得一頭霧水，真懷疑她剛剛是否講過那些話。

我幫她斟了酒，她啜飲了一口，然後把自己的杯子舉到我唇邊。這訊息已經很明顯了，不是嗎？我們要彼此把頭朝著對方彎下，然後共飲一杯酒，這不是「拜堂喝交杯酒」嗎？哈達瑪也似乎有意無意地創造出這份「曚曨的親密感」，好像她人格特質中那種性愛的成份有種特殊的魔力，可以讓對方被她牽著鼻子走，而從不要求她負起任何責任。

目前我對她的這一切都已瞭若指掌了，我相信她正試著在自己身上找到什麼，以孕育出轉變自己或是「曲膝投降」、任由對方擺佈的能量，而達到改變自己整個人生的要求，就像她今晚所說的那樣。

「哈達瑪，告訴我！」我把自己的酒杯給斟上，從容不迫且有計畫的開腔了，似乎有意讓她所玩的這種「捉迷藏」遊戲破功，以直接切入正題，讓兩人面對現實，「妳真的希望改變自己的生活？我們之間的友誼對妳真的是這麼意義重大嗎？」

我看得出此刻自己已完全吸引住她，也逼得她不得不全力應付我而無暇他顧。只見她漆黑的眸子集中到我身上，並和我四目交會，從神色中可以看出她是吃了一驚。

「我嗎？」她兀自問著自己，彷佛頭一遭碰到了難題，「我想改變自己的人生嗎？沒錯，我想要這樣，我實在厭倦了目前的生活，再也不願坐等史蒂芬改變他的想法，或是下定什麼決心。有時候當我沈沈入睡時，會聽到些聲音在叫我的名字：「哈達瑪，哈達瑪」，那聲音是那麼地清晰可聞，是那麼神秘，是那麼嘹亮而密集。於是我立刻坐起身來，覺得有人在呼喚著我，也覺得自己該有所回應。

但是，這呼喚代表什麼？要怎麼回應呢？」這時她聲音轉至低沈，目光也離開了我，「我覺得妳會了解這種事的，對嗎？」

每當她打算解決什麼緊急狀況時，都會表現出一副絕望的樣子，所以很顯然這不是第一次這樣。那副神情就像是被人狠狠地拋上去，再從高處摔落下來，而且，只有我一個人在那兒接住她，讓她不致繼續「往下沉淪」。

「哈達瑪，依我看來，這是種嶄新的意識，表示妳已經有了個全新的開始。」

「就好像我倆攜手展開一段旅程嗎？妳也這樣覺得對不對？妳就是那個我一輩子都在等候的人，我無時無刻不這麼想，次數多得簡直連我也說不上來。就好像其他的每件事都只是為這在預做準備，為此在彩排一樣。」

她說這話時神情像是在做夢，十分出神，也有些奇特，就彷彿連她都對自己所說的話大吃一驚一樣，也彷彿下一刻就會清醒過來，然後不斷地問自己：剛才我真的有說過那些話嗎？

侍者把精心配製的青菜沙拉和羊肉起司放在我們面前，

然後焦躁地瞅著她，似乎在等待著她的致意。

我快按耐不住了，生怕他會打斷了這美好的氣氛，只有暗禱他早點閃到一邊。期待許久的「交心時間」眼看就要來了，可不能被他給破壞了，否則下一次還不知道要等到什麼時候，才能讓我倆互訴衷曲。

只見哈達瑪含含糊糊地朝他點點頭，然後茫然看著面前的餐盤。他只好聳聳肩，掉頭就走。接著，她又把目光移向我，似乎有些震驚的望過來，最後竟一把抓住我的手。

「妳真的明白這一切嗎？真的？」

之後我們在一起共度了好幾個禮拜，那些日子我們每天都打電話、外出散步、旅行、到對方的家聚聚、晚上坐在一起聊到半夜、相偕去餐廳，或是一起見見她的朋友。有人會說這就是我倆彼此的感覺，它可以讓我們把一切都拋諸腦後，可以讓我倆找出對彼此的意義；當然，這就是所謂愛苗在滋生。

我要把這些說出來嗎？如果我身為男孩，是絕對會說的，而且會迫不急待地趁現在這千載難逢的機會說出來。但是目前則不行，如果現在就和盤托出，只會把她給嚇跑。

我身上那股男孩子的特質會在隨意間出現或消失，有時我覺得這和哈達瑪有關，有時也認為這是由於我目前尚未離開馬克斯使然。要是男孩子這時就會伸出手臂環住她，把她緊緊擁入懷裡，說些貼心的話。可是，同樣為「男兒身」的我卻永遠不可能單憑自己的意念就和她發展出微妙的親密關係，如果她不願「屈就」，是會讓我退縮不前的。

「有時我覺得自己已經了解了這一切。」我毫不迴避地說道。此刻我需要具備女人那種了解我的智慧、研判靜默之意義、解讀各種肢體語言，以及掌握各種線索等見微知著的本事。

這時她身子向我傾來，和我十分的貼近，好像期盼著我說些安慰她的話，甚至在她耳邊說些悄悄話。不過當她看到我仍是一片靜默後，嫣然一笑，「妳要叫我猜嗎？」語氣中滿是信任。

這是我第二次認為時機已至，但她的笑聲又突然讓我意識到，她還不清楚此刻的交談會把我們帶到什麼意境去。即使在前一刻了解了，但在這互相表白、互訴衷腸的時刻，她也應該營造出浪漫的氣氛，或是藉各種表情動作拉近彼此的距離，讓我們更加親密，怎麼可以發笑呢？哪個女人在做出愛的告白時會發出笑聲？顯然哈達瑪這麼做過於輕率，過於隨便，似乎有意無意地嘲弄對方，也似乎欠缺任何處於此一時刻的人所最容易出現的那種焦慮不安。除非，她又玩起那套已經「駕輕就熟」的老把戲。

這可能嗎？

這時侍者走了過來，想看看我們究竟是怎麼回事，因為，我們的食物連碰都沒碰。哈達瑪抬頭仰望著他，沒有一絲一毫難為情的神色。「我們吃不下！」語氣中散發著無比的魅力，「我們在玩猜謎遊戲，現在正是高潮……緊張又懸疑。」

「噢！」侍者似乎更興奮了，「想知道答案就問我好了，而且我這兒有最神秘難解的謎題。」

接著又是我和哈達瑪獨處的時間了，只見她拿起叉子，把灑了黑胡椒的比利時菊苣切下一片。先前我倆的話題已告結束，現在換成我感覺到像是被人狠狠拋到了九霄雲外，然後又重重摔下，可是，哈達瑪並沒有在下面接住我。

她若有所思的慢慢吃著，然後用手肘輕推了我一下，要我也拿起刀叉用餐，「這是覆盆子醋耶，」她試探性地說道：「它混了些紫米醋，一點點味噌，或許……或許還有……」

「哈達瑪！」我的耐性快要磨光了。

而她則笑逐顏開的，那笑容讓人眼花撩亂。

「吃嘛，快吃嘛！」她不斷地寬慰我，「我們已經談了一整個晚上，吃完飯後，我會帶妳到個從未到過的地方。我可以向妳保證，那地方妳絕對不知道。史蒂芬在幾年前發現了它，大家都叫我們別去，但等一下我們就走，在那兒可以無話不談。」

她似乎向我暗示，餐廳這個公共場合不適合我們之間的話題。那也表示她一定知道我們要談什麼，只是有意拖延，直到她找到合適的時間和地點。

「張開嘴吧！」她說道：「再不吃的話我就要餵妳了。」

這種命令式的溫柔體貼立刻讓我安下心來，我知道這是針對我們周遭環境所做的一種示愛方式。於是我張開嘴，讓她餵下一小口沾著少許白起司的萵苣。此刻，她以一種近乎挖苦的表情默默注視著我，彷彿我們這對「共犯」在公開場合中，以另外一種更隱密的方式做愛，而且極盡花俏惹眼之能事。

「很好！」在我張開嘴時她喃喃低語：「但沒想到妳會這麼服服貼貼的。」

我知道當有人說他頭昏眼花或是無法呼吸時，是隱含著什麼樣的意思。不過，被愛人餵食的那種感覺卻像是吃了人蔘果一樣，會立刻讓人感到通體舒暢，愉悅感也立刻傳遍了全身。

看來在我們眼波流轉及一顰一笑間，已道盡了我們一直想要訴說的話。此刻她輕輕倚在我肩頭，以一種近乎狂野的方式餵著我，似乎已把一些無法在公開場合說出口的話說了千遍萬遍。如今反而輪到我開始猶豫和疑惑了，只見我小心翼翼地解讀她所說的每個字，以及所做的每個表情和動作。看來哈達瑪跨出了相當大、相當大的一步，還這麼迎合我、誘惑我，就只差……如今我只要相信這一切並及時做出反應就可以了，但男孩子卻斷然無法跨越那種微妙且難以捉摸的巨網，堂而皇之的登堂入室。

第十一章　坦白招供

一條長長的小徑蜿蜒在海灣和那小小的遊艇碼頭之間，離高速公路沒多遠。看來她說得沒錯，我過去從未到過這兒。在夜深人靜時，一股奇特的光線透過薄霧斜射過來，那兒是一水之隔的奧克蘭港，光線在暗夜之中顯得分外眩目、豔美，而且幾近全白。

每次開車進城我都會途經這兒，來來回回的不知道有千萬遍了，可是，卻從未想過駐足片刻。我常常在想，以城市人的悲觀角度視之，這地方應該算是「化外之地」，比較容易發生搶劫等情事，是犯罪的溫床，至於附近的山區也是給觀光客用的，和我八桿子也打不著關係。另外附近還有片由填土所堆成的陸地，本來不應該有商業活動的，可是卻迤邐了些旅館，以及難以下嚥的食物，但價格卻貴得離譜的高級餐廳。

「等一下！」哈達瑪說道：「在這兒想走多遠都沒人攔妳，要跑要跳也悉聽尊便，史蒂芬一直在尋找這種人跡罕至的地方，在它遭到人類與生俱來的瘋狂和愚蠢荼毒之前，妳看到的是片遠離塵囂的天地，清純得連妳自己都不敢相信，什麼餐廳、旅館、高速公路等，都被它撇在後面好遠好遠好遠。如果在五分鐘後妳仍相信這種美景早已司空見慣，而且也可以在其他地方找到的話，那……」

「好啊，那就怎樣？如果我相信的話會怎樣？」

「那我們就得去看看囉！我並不擔心這個，我知道前面有什麼。」

自從我們離開餐廳後，她整個人就完全放鬆了，一副怡然自得的樣子，還故意在我們四目交望時撇開眼睛，然後又在我大失所望時猛然抬頭望著我，或是在我扭頭就走的前一刻，才放肆的大笑，然後兩人就緊緊相擁。我們關係的掌控權如今似乎又轉到她那兒，就像是她對我的「粗手粗腳」已了然於胸，就乾脆自己來掌控一切。這讓我覺得自己年輕了好多歲，而且又感到害羞（這可好啦！一個會害羞的男孩！誰需要這種男孩？）。這是個全新且完全料想不到的態勢，就好像是第一次帶高中同窗的老姊外出漫遊一樣。

我們走著走著她就挽起了我的臂，我把她車上的風衣和兩個圍巾給拿在手上。起初我們一片靜默，似乎是在做出什麼承諾，就好像我們倆心裡都有個譜了，知道等一下該說些什麼，或是道出哪些承諾一樣。

我們右手邊就是個遊艇碼頭，小艇在薄暮中雖被繫了起來，但卻一直搖晃著，片刻也不停歇。

天黑的速度似乎愈來愈快。

「現在已屆夏末，」她高興的口氣似乎特別與我情投意合，「不知不覺中白天已愈來愈短，而我們也漸漸習慣了這種變化。」但此刻我的一顆心卻七上八下的，生怕在我們促膝長談前天氣就變得又黑又冷。

這片靜寂留給我充裕的時間探索她的每個姿勢、動作，以及臉上的每個表情，不過，這也留下了一團迷霧給我。這時，幽暗的海浪開始用力拍打在路邊的岩石上，而且風勢也大了起來。我們離海邊很近，只有幾英呎遠，空氣中瀰漫著股石南花的幽香，以及海水的鹹味，接著，我們經過了最近的一棟建築，那是座臨海的餐廳，像個棄婦一樣孤伶伶地佇立著，看起來的確就像哈達瑪所形容的那樣，有種遠離紅塵俗世的感覺，就像經過了一個已被世人遺忘的荒島。那條小徑十分狹窄，穿過了石榴草和絲柏之間，不過就在我們轉了個彎後，卻赫然被眼前那片出乎意料之外的蠻荒景象給震懾住了。此刻柏克萊已經消失在一片絲柏林子之後，孤傲地橫亙在海灣邊的塔瑪帕斯山則籠罩在一片霧靄迷濛中，給人一種只可遠觀而不可近玩的印象，稱之為「聖山」當不為過。接著又看到幾艘小艇駛回岸邊，而那幾座橋則慢慢隱身於夜色和迷霧之後，此刻是一片海闊天空，任我們翱翔。

我們到了一張椅子附近，離那盞昏暗而孤獨的街燈僅有數英呎之遙。如果霧沒這麼濃的話，從這兒可以清楚地瞧見那三座橋，看著它們默默而永恆地擔負起溝通兩地的重責大任。看來這是個行家所精心挑選的地方，也是個談話的好地方，只要起了個頭，相信就會欲罷不能。只是哈達瑪挽起我的臂，輕輕斜倚在我肩頭，然後相偕坐在那張椅子上。我傾全力解讀她的這些動作，而男孩的害羞也被成年男人的小心翼翼給取代了，頃刻間更覺得自己突然長高長壯了，就像是已變成了昂揚七尺之軀，可以保護婦孺，給她們帶來安全感，也好像我力量無窮、一無所懼以及隨時保持警惕的樣子，已讓這危機四伏、叫天天不靈，叫地地不應的約會地點看起來安全多了，可以無視於愈來愈暗的夜色。

她握著我的手沿著椅子走下去，我們不發一語，這時我用眼角的餘光看著她，不知道這小妮子究竟是怎麼了。她神情看起來一派輕鬆自然，好像進入了夢境，也似乎忘了我們到這兒是所為何來。從路燈的微弱燈光中，我可以清楚地看到她的身影，但卻無法把對她的持續觀察給拼湊出一個具體的形象。是因為我們已有了充分的說明，才讓她這麼心平氣和地面對我？是我們已經有所超越，而無需再談話或示愛了嗎？她是那種會在不知不覺中滑入愛的漩渦，然後一種表情跟著一種表情不斷出現，直到達到最終的親密關係就戛然而止的女人嗎？

我血脈賁張，渾身充滿了衝動，而且也顧不得什麼禮教了。我可以想像自己是如何地跳到椅子上，坐在她旁邊，然後雙臂緊緊抱著她。這種事似乎很簡單，而我的肉體也在蠢蠢欲動，想把她拉到身邊，來個軟玉溫香抱滿懷。在這種情況下，也很難想像她會拒絕或猶豫不決。此時四周一片寂靜，而由她逐漸往我這邊靠的動作中，似乎也在對我暗示：「歡迎！我舉雙手投降！」

不過突然之間她卻表現出一副哀傷的神情，「想想我們的蜜月真是不堪回首，」這時她已離開了椅子，「我們只窩在農莊和小旅館裡，因為，史蒂芬知道我們可以在那兒得到新鮮的蛋、奶油以及自製的麵包。和他一起旅行的滋味真讓我難以啟齒，對於尋找人跡罕至的世外桃源、大家所輕忽的一些好山好水、保有壁畫的教堂、或是只聞孩童清純歌喉卻始終未受文明污染的一些窮鄉僻壤等，他可真稱得上是箇中老手。史蒂芬是個渺小、無足輕重、生不逢時以及一直受到忽視的詩人。對我來說，這無異等於一個受到文明洗禮，且讓人有所感觸的完整世界正對我展開雙臂，在那兒我可以從容地優遊於其中，就像是回到自己的家一樣。可是，我的家人卻不喜歡他，他們發現他是個無能、眼高於頂以及裝模作樣的人，甚至艾蒂絲姑姑也不喜歡他，妳也知道，她是個能左右一切的人。」

我所提供的世界能夠和他的相比嗎？我也是個能發掘內心世界的行家，可以帶給她全新的感受，並且和史蒂芬所提供的世界一樣地讓她心馳神往嗎？她以前曾提到過史蒂芬，我也了解到她現在正向我「坦白招供」，和我一起分享她的祕密，這些被認定是親密的話她絕不會對任何人說的，甚至連史蒂芬都不會。這一次我雖然千萬個不相信，但整個談話卻似乎是個託辭，就彷彿她從我們之間的關係上逃脫了，而遁入那個熟悉的悲傷世界中，想必那兒要比我倆的世界來得安全些。

我把風衣披在她肩上，並把圍巾繫緊在她頸子上。她似乎沒有注意到，只是一個勁地直視著我的眼睛，就彷彿急切地需要我在這緊要關頭留在她身邊。我想，這也彷彿是同樣的過程得再經過一遭，這樣才能到達我們的目的地。

「什麼地方不對了？這樣不對了嗎？還能怪誰？這些事一旦發生就要有人受責嗎？和他在一起很快樂，我通常不是那種會錯過這些事的人，尤其在它們別具意義時更是如此。我甚至不知道這種快樂是從什麼時候開始的，自己曾試著知道，但卻始終不明白是從哪一天或哪個時間開始轉變的。金，妳在聽嗎？」她一把攫住了我臂膀，「這些話妳一定得聽，別以為我過去曾對妳說過。和他在一起很快樂，我們曾外出遊歷了好幾年，他把自己所知道的都一股腦地教給了我，那是種見微知著的本事，可以由細微且無從分辨的事物中認清其本質，這些都是我過去從未碰到過的。我們相偕拜訪有名的藝術收藏家，到那些被遺忘的地方。我竟日待在他那個與眾不同的世界裡，漸漸地也對那個世界神魂顛倒起來，成天只接觸那些沒幾個人了解的音樂、傾頹的古老建築，以及城裡面那些和他一樣，一輩子都沒其他人拜訪過的『怪老子』。不過以後我們又突然覺得不快樂起來，而他也搖身一變，成了孤僻冷漠和始終無法親近的人，我永遠都想像不到他竟然會那樣嫌東嫌西的，就好像我每次的出現對他都是個試煉，都是個折磨一樣。就這樣我對他徹底死心，不再想贏回他，也不再千方百計地想吸引他的注意了。真想不到妳過去也像這樣迷失過自我……噢！不！我相信妳不會這樣，不會像我一樣徬徨無依，也不會對其他人的情或愛徹底失望過，更不會放棄那種吸引他們注意的念頭……」

過去我曾看她哭過，臉上一副哀莫大於心死的模樣，一動也不動的。可是這次我知道她是因悲傷而沒再哭泣，只有自責以及屈辱的淚水。我真怕下一刻她會為了了解這一切而對我大哭大鬧。

「我是個盛氣凌人的女人，」她蒙著嘴含糊地說道：「妳根本就不知道我有多狂傲，有時我朝思暮盼著他回來，因為，我被怨恨衝昏了頭，一直圖謀報復。所有的愛、所有的渴求與所有的期盼，都已經在好幾年前就被這種念頭給燃燒殆盡。我想告訴妳的就是這些。」

這時她的臉色好像有些瘋狂，深沈的眸子好像利刃一般。接著抓起了我的雙手，然後就放在自己膝蓋上緊緊握住。我覺得自己應該被這種告白深深撼動，不但會大吃一驚，而且壓抑已久的激情也被攪得翻騰不已。不過，此刻我卻一點感覺都沒有，甚至面無表情，似乎不太敢置信，就好像自己剛剛目睹了一場目眩神迷的表演，而到最後她一定又會藉故逃避。

「妳什麼話也沒說，」過了好一會兒她才幽幽說道：

「這不像妳耶，妳一直是滔滔不絕的，也一直很體貼，幾乎是有求必應的耶。」

「妳是指剛剛所描述的那種念頭嗎？請原諒！」我嘎聲回答：「我實在是無法相信。」

她有些吃驚地望著我，好像對我的話十分好奇。我可以想像在她眸子裡一定隱藏著股對我的重視，就彷彿對我這種隨之起舞的反應感到驕傲一樣。「不！我不相信！」我不想掩飾自己的怒氣，「如果妳是在兩年前告訴我這個故事，我就會知道妳說的都是實情，但是現在，這已成了老掉牙的故事。沒錯，即使妳以前沒告訴過任何人，這仍然老掉牙了，也和我毫不相干。那種念頭說穿了，就只是代表妳已經發現自己不想再繼續下去了，也不想為了新的人生、新的轉變或新的動力而冒險。換句話說，妳已經退縮了，就像是雨水一步步流下山一樣，我是不會被它感動的。」

即使我事先有了沙盤推演，或是先擬好一套策略，現在也勢必無法走出一步更好的棋。只見她把臉縮了回去，並開始笑起來，看來我讓她吃了一驚，以一種出乎她意料之外的方式回應。只見她站了起來，就好像得找到其他地方來容納自己的激情一樣。接著又快步走過那盞路燈，然後扭過頭來急切地說道：「這一切妳都了解嗎？我說的夠清楚了吧？妳似乎比我還了解我自己。太好了！如果我願意繼續前進的話，就不需要固執於那種報復的念頭了吧？但是，繼續前進又代表什麼意思呢？繼續前進到什麼地方？去幹嘛？這會和妳有關嗎？」

我聳了聳肩，突然之間覺得有些精疲力竭，其實也難怪，為了應付這好幾個小時的懸疑劇情，我集中所有心力注意她舉手投足和揚眉斜睨時的每個動作，連最細微的都不放過。甚至我們兩人膝蓋、雙手或肩膀靠近到什麼程度，也都在密切觀察。這樣幾小時下來還不會吃不消嗎？似乎我的世界和她的一樣，我們在一起所做的每件事都充滿了特殊的意義，不過對於這，她似乎一點也不知道，只是隱隱約約或模模糊糊地意識到我們攜手同行才是她的未來。看來只有她清醒過來，並選擇好我們的生活方式，才能繼續走下步棋了。

我知道自己幾乎能夠把每件事給搞定，可是這件呢？

我們可否相偕坐在這世界的某個角落裡，然後擠在一起對抗外面的陰暗和瑟瑟寒冬？我們可否手牽手、膝促膝地彼此凝視著對方，等待著對方的下一句話？我是否也能把這事給搞定？

「在我回美國來嫁給馬克斯之前，曾在以色列待過，在那兒我愛上了個女人。」

她冷靜萬分地注視著我，似乎在等著我繼續說下去。

「結局並不圓滿，但卻讓我意識到女人有些地方是值得去了解的，而我自己和女人的關係也是值得探究的，同時也意識到有朝一日我得找到些什麼，並更進一步掌握幸福的人生。」

「沒錯！」她有了回應，「我自己也曾有過這樣的想法。如今她結婚了嗎？她愛妳嗎？……」

「她愛我，」我的語氣有些遲疑，「沒錯，席娜絕對是愛我的。」

「那結局怎麼會不圓滿呢？」她在一番深思熟慮後終於開口問道。

「最後是以暴力收場，她丈夫打算宰了我！」

「這種日子總算是熬過來了吧？不過同時妳也迷失了，更執著於自己的念頭，而這正是妳不相信我的原因，對不對？」

「我不相信的是當我們被理想牽著往前走，或當方向清楚而明確時，還會有什麼東西能把我們給拖回去。這個時候，我們只要對這理想或方向心悅誠服，並遵循著它前進就行了。」

「我明白了，」她雲淡風輕地說道。我太了解她了，知道她會再度遁走，其實她明白我所圖的是什麼，但寧願選擇逃避一途。「真有趣！這論點頗令人著迷，請再說下去啊，妳一定可以告訴我更多的。」

但我實在無法更挑明地跟她說什麼了，而且當時也不是時候。我可不能說是因為我知道妳愛上了我，以及知道橫亙在我們之間的只有那些執著的念頭，才不相信妳的那套說辭。當然，我也不能衝著她說：哈達瑪，快醒來，如果我們的關係對妳沒啥意義的話，妳還會和我窮耗在這兒嗎？在她還沒打算把我的話當回事之前，我什麼話都不能對她傾訴，也不能用臂膀環住她，把她拉到我身邊，對她耳語，或是吻醒她。雖然我身體的每個部位都確切明白該如何展現出那些動作，雖然我很了解這些動作的必要性，以及她是如何地渴望著它們，也不管她是否願意承認這些渴望，我卻什麼都不能說。

當我們一路走回車上時，我不發一語，也不知道今晚的談話是否已把兩人的關係更拉近了，或是給兩人的關係譜下休止符。

我明天還會得到她的消息嗎？她還會跑來和我說話嗎？如果她來，是因為她已忘了昨晚我們之間的一切，包括我們是如何度過那個晚上，我們說了些什麼話，她是如何餵我的，是如何小鳥依人般地靠緊我，抓住我的手，在漆黑迷霧中，把心裡的祕密告訴我，以及在我們回到車上時，她是如何緊緊摟住我雙臂的嗎？

在車子開到我家門前時，我把身子靠過去，向她吻別。而她也把雙臂環住了我的肩膀，並說道：「現在我知道妳走過了什麼樣的坎坷路，妳在談到以色列的那個女人時，我就在妳的目光中瞧見了。」

「那已經是好久以前的事了。」

「我實在不願意想到妳過去的那段日子，妳真把我給嚇壞了，也讓我心如刀割，可是妳現在已經好了，對嗎？快告訴我妳已經沒事啦！」

「在我被過去所不斷糾纏之際，」我發現她在悄悄中又變得柔情似水起來，「曾想起在很早之前，我就告訴自己一定要尋覓到另一個人生。」她似乎有所了解地笑了笑，就好像我再說什麼都無法讓她震驚了。接著她那張臉蛋又緊貼到我肩頭上，而我也再度感覺到她是以自己特有的方式，來顯示對我的愛有多麼深。

「我們倆都會讓愛有生存的空間，這是我倆的共同處，但一次對我來說就已經足夠了。我不想說得太多，這些就夠了，真的！」

「妳已經決定不再去愛了嗎？」我盡可能地保持輕鬆自然。

「絕不再愛了！」她擰著我的鼻子，就好像這段談話已是多餘，「至少在我發現世上有人比我更懂得愛之前，是不會再陷下去了。」

我會是那個人嗎？男孩子肯定會這麼問的。但是，這也可能是她正在為我倆的關係畫下了界限，告訴我如果越過了界就表示關係告終。當然，男孩是不會接受這種限制條件的，如今我頗能體會他們的感受，看來身為男孩的他們一定鼓起勇氣強迫她「就範」，會提高自己的意志力以對抗她的意志。但是，我碰到哈達瑪就沒輒了，會退縮不前，再也無法鼓起餘勇，因為，我的疑惑再次產生，搞不清楚她的意志是否會因此而產生動搖，也不知道這麼做對這女人究竟有多大的意義。

我目視著她開車離去，耳中也聽到馬克斯在我後面開門的聲音。他一直守候在那兒，看到我回家也好像鬆了口氣。至於我也得到喘息的機會，他的現身使我步出了那個讓我和哈達瑪一起載浮載沈的迷霧世界，那種感覺就好像我和哈達瑪是水中生物，對於過去那段「陸生」生活只保有遙遠的回憶。

當哈達瑪走遠了，還斜倚在車窗邊向我揮別。我有點不知所措，只不過不知道是為了兩人剛才的那段感到難為情，還是為了兩人日後的可能發展而手足無措。只要我把遲疑給拋在一邊，然後展開行動就可以了嗎？男孩子該讓她陷於暴風雨中嗎？或是我該像女人那樣有耐心，一步步慢慢地來，等候著她自己甦醒？

第十二章　化作男兒身

馬克斯和我從沒向對方解釋過，我們的關係為何會走上盡頭。我們向來沒必要這麼做，在我們關係步入歷史之前的最後幾個月，我們還會互相凝視著對方，好像我們分別是南下和北上兩列火車上的乘客，彼此素昧平生，只是在火車站錯車時隔著車窗互相望著一樣。如果他現在對我的愛和過去一樣多，他會隔著車窗對我大叫大喊嗎？他會這樣嗎？會的！他一定會拉下車窗，奪門而出，然後躍過月台向我這兒飛奔過來。不過此時他卻好像認命了，願意再次放我單飛，就好像我只是暫時飛離了一會兒，不久就會回到他身邊一樣。

在我動身前往以色列前，他就告訴我，我們的生活會緊張一陣子，然後分開，不過到最後終會復合。不過，他故鄉康乃狄克州米瑞特公園道路郡（Merritt Parkway）的朋友卻提醒他，兩個樹枝為了通過一個隧道或地下道會暫時合在一起，不過一旦出了隧道，面對寬闊的天空時，就會再度分開。他似乎永遠都無法失去我，而我卻可以，另外我也認為，他並沒想到我如今已走到十字路口。

即使我的身體也在這時開始改變了，過了那個夏天後我開始逐漸消瘦，不過肌肉卻發達了，變得「孔武有力」起來，而且心情也更舒暢了，就好像卸下了千斤重擔，或是一些過重的責任一樣。

我發現這幾個月是默默的求愛時期，她似乎知道，不過接著又好像忘了，然後又猛然地想起，但到最後又對我倆之間的激情採取迴避的態度，讓整個關係顯得曖昧不明。再者我們之間的談話也似乎有雙重意義，她會聽出那明顯的一面，而我則會聆聽那些暗示。至於她那些親密的動作，則像是伸過來握住我的手、替我撥開蓋住眼簾的髮絲等，則完全出自於無意識下的自然反應，毫無做作，且一定對她自己產生很大的衝擊。她從不懷疑這些動作所代表的意義，至於對我而言，這些動作則無異是在暗中渲洩出她的慾望。

就我這部份來說，是希望她能更專心些，無論是表達自己意思、改變意向、抑或是展現自己所知道的、所猜到的或是所不想知道的事時，最好都能集中心力。我很怕在她贏得我之前，就先失去她，也怕她對於自己所做的抉擇沒有準備而致使我得而復失，讓煮熟的鴨子白白飛掉。女人是舉棋不定的，我曾夢到自己在外國城市閒逛，忽然在街角瞥見了哈達瑪，於是立刻尾隨著她，不過又再次跟丟了；然而隨後又看到她從一個小店裡走了出來，手臂上還挽了個袋子，之後忽然在街燈旁停了下來，兩眼看著我，只是不旋踵間又消失不見了。又有一次夢見她牽了隻小狗，正沿著阿姆斯特丹的運河散步，我立刻跟上她，只見她進了一間高大的建築物裡，不久那樓上就有個房間亮起了燈，而我則佇立在路燈旁等著。

這些回憶可以追溯到我倆剛剛碰面的那幾回，那是一個男孩子對事物的認知，她的氣質、聰慧、敏感和美麗深深吸引了我，看來我千百年的命運就操弄在這個女人手中了。在這種情形下我只得堅持下去，不要讓絕望繼續腐蝕我的意志，同時再三告誡自己，到最後絕對不會是一場空，而她也不致於永遠地迴避我。

好多次當我心血來潮時，就會趁半夜到她家附近，在那兒徘徊不去，就好像在接受愛情的試煉，並透過耐力和貞潔的考驗而轉變，證明我自己是值得託付的，可以斷絕一切欲念以駕馭自己，到最後再證明我擁有她是天經地義的，是想當然耳。在那段期間，我的身體也由於運動量少及什麼都不多想而不斷改變，敏銳得足以留意起周遭的任何變化，強而有力得足以建立起自己的性別角色。

當兩個女人通過一扇門的時候，是誰該退後一步，讓另外一個人先過呢？——這一直都是我。是誰開車門、關車門，充當駕駛，是誰伸出自己的手臂讓對方攙扶，是誰先躍過滑不溜丟的石塊，然後把手給對方助她一臂之力呢？是誰的胸膛最常被對方倚靠？是誰的雙肩可以在對方飲泣時讓她附著？是誰的身子高大結實，可以撫慰對方？

一種「男性的特權感覺」開始留駐在我整個身體中，讓它得以昂首面對這世界，而不必再為自己的「變性」說抱歉。因此不久我的雙肩就開始彎下，乳房縮了回去，小腹也不見了。我認為這些轉變都是正當的，也是一個「男孩子」應該有的，所以走路時我似乎昂首闊步起來，並且經常感到飢腸轆轆，對自己靈活健壯的四肢更是倍感驕傲，就這樣也出現「自己當家做主」的傾向。總之，我的身體起了種神秘的變化而成為男兒身，是個知覺豐富的實體。一時之間我彷佛又回到了從前那段集萬千榮耀於一身的日子，像是初中時代榮膺繩球冠軍，身為社區棒球隊裡的最佳打擊手，在休學回家後成天爬樹，而當校長叫我慢慢爬下來時還魯莽地從樹上一躍而下。這是種歡愉的、且純然為自己而活的轉變過程，這是種駕馭自己、能讓精神力量和肉體力量得以平衡的感覺，這是種將期望化為具體行動、而不受任何拖累的感覺，它是純潔而自然的，也沒有任何理由可以壓抑那股衝動。如今，我已一如她所期望的成為男兒身，也準備好成為她的情人。

同時身為女人的我也不斷地沈思，以預先看到其矛盾處。

或許哈達瑪之所以希望我成為男孩，就是因為屆時她就可以清清楚楚地了解該如何避開我。

第十三章 他人的眼光

「妳看起來瘦得只剩下一半啦！」當我們相偕走進艾蒂絲家裡時，艾蒂絲端起了我的下巴說道。只見她嚴肅地瞧了我半晌，然後又皺起眉頭對著哈達瑪說道：「妳到底有沒有看好她啊！朋友不是這麼當的，我想妳比我更清楚該怎麼珍惜一個朋友！」

哈達瑪仔細地瞧著我，似乎在「鑑定」我是否和她姑姑說的一樣，那樣子好像已經有很久沒看到我了。

「妳真的比過去瘦了？我真的沒注意到耶！」她抓起了老婦的手「瘋狂」地親吻著，然後就把艾蒂絲給推到了廚房，「給我們做點吃的嘛！」說完後就嚴肅地望著我說道：「這一回我會好好看住妳的，金！」那神情似乎在開玩笑，也好像在威脅，而且充滿了獲得新愛後的那種狂傲，只是她始終未承認這個新愛罷了。

雖然那天我胃口不好，但還是強迫自己吃了些加了酸乳酪的馬鈴薯，以及一個加了魚子醬的蛋捲，因為，哈達瑪和她姑姑兩人在據案大嚼時，還生怕我餓到了而拼命把東西塞進我的餐盤裡。飯後我們又喝了幾小杯用小豆蔻調味，同時味道也甜甜的黑咖啡，以及幾片加了葡萄乾的點心。吃完後哈達瑪就拍拍屁股走開了，留下我獨自面對艾蒂絲，通常哈達瑪這一走就要一兩個小時才會回來。

我伴著老婦到園子裡，她很早就在那兒栽種了些玫瑰，不過種類並不多，大都是不知名的，而且多是從外地移植來的，不是當地的品種。在柏克萊略帶點寒意的夏日季節裡，只見這些玫瑰偈促在園子裡的一個角落，旁邊就是用棚架搭成的拱道，上面枝繁葉茂的，還加了一個木板似的鞦韆，過去我們就曾在這個老式的棚架下不知消磨了多少的黃昏或黎明。

「看來這片花園得整理整理了，」她說道：「它始終無法得到足夠的照顧，玫瑰也是這樣，一直沒有人關心。其實它遠比其他的花更迷人，可是卻多刺，不易成長和採摘，因此不少人不知道該不該種它，也不知道為了美而帶來這些麻煩是否值得。」

「我對園藝完全外行，從沒拈花惹草過。」

「這我有聽說過，但是妳卻給人一種『老圃』的印象，好像弄了一輩子的園藝工作似的。最近大家都很少看到妳，朋友們也常提起，我可以告訴妳，這樣不知道會傷了多少老人家的心。」

她邊陪著我閒逛邊修修剪剪的，不過精神卻似乎有些渙散，就好像藏了些心事，不知道是否該告訴我一樣。

「玫瑰的花瓣太多了，」她嘆了口氣說道：「它從來不曾在夏天盛開過，因為這兒的夏天不夠熱，無法長到成熟，可能在開花之前就凋謝了。我發現不管是哪種玫瑰，花瓣最好都不要超過三十片，可是這麼多瓣的玫瑰偏偏又是大家的最愛，這就是讓我最傷腦筋的地方。」

「這花園裡長滿了白色的玫瑰。」我禮貌地提出了自己的觀察結果。

「白色的品種比較喜歡我們這兒的天氣，它們希望能慢慢的長大成熟，這樣就不用擔心過熱的天氣會讓它們枯萎了。」

「我覺得我們似乎並不是單單在談玫瑰。」

但艾蒂絲不再搭腔了，只是默默地和我漫步在這座枝繁葉茂的華麗花園中，我們經過了石橋、枝椏低垂的樺木，以及以無花果樹搭成的棚架。在小徑拐彎處的四周，我們看到了幾個供鳥戲水用的陶土水盆，以及高掛於果樹上的怪異鳥屋。艾蒂絲在這兒種了些薰衣草和百里香，只見百里香雜亂地長出了花壇外。此時已是薄暮時分，氣候已經轉涼，這兒的夏天向來都是如此。

我漫不經心地走過這些地方，顯然還沒學會如何熱愛這份園藝工作。我太忙了，忙著持家，忙著追求安定生活，忙著追尋那個男人專心致志且熱情洋溢的愛，忙著展現我對他的熱情，也忙著追逐另一個可能會立刻甩掉我、並讓我傷心欲絕的女人。我知道艾蒂絲是以玫瑰為話引子，而想告訴我這些。

但是她錯了，她是從舊世界走過來的，對於這點我從來沒懷疑過。她那一代是滿懷苦惱的、是悲觀的，對於兩個女人間性慾轉變的力量，簡直是無法想像的。即使她無所不知，即使她已到了心如止水的年齡，不會被任何事震憾到，但我相信她也一定會對我最近的情況感興趣的。但如果我告訴她我正擺盪在兩個自我之間，有時變成男孩，有時又得回復女兒身的話，她會相信嗎？

她們那些人的想法以及令人困擾的暗示，一定驚動了我的朋友哈達瑪，讓她從遐想中猛然回到現實，不敢再對我存有卿卿我我的幻想了。「哈達瑪或許對妳來說並不適合，」艾蒂絲突然開口了，好像她已下定了決心步入正題，和我攤牌，「我當初是為了她好才希望她結識妳，妳也了解，她一直在東飄西盪，從沒停下來過。從小她就很野，又倔強，我們這個家族的孩子都很有天賦，而她卻是我們所見過最聰慧的一個，可是如今又走到哪步田地？許多人都很羡慕我姪女，她很有成就，在地方上扮演相當吃重的角色，但我知道她是怎樣度過漫漫長夜的，只是沒有別人知道而已。對啦！她有向妳提起過那位心愛的丈夫嗎？」她一口氣把所有話都渲洩了出來，「如果我洩露了妳們的私密那就請原諒我，但是，如果別人沒吐露半個字就代表妳們已係密到家了嗎？」

我們已來到籐蔓所搭的涼亭邊，艾蒂絲的身軀沈重地坐在一個頗有年歲的鞦韆上，而我則捧了一籃白玫瑰在一旁佇立著。

「他隨時隨地都會打電話找她，」我說道，心中渴望兩人能繼續談下去，「我常看到她神情緊張地盯著電話，大概想到如果她無所事事，如果沒有過同樣忙碌的日子，如果沒有追隨著他，或如果找到了其他東西而取代他位子的話，那麼他就會隨時回來找她算帳。或許她想要的，就是找我來取代他的位子，可是，我卻無法真正的取代他，所以，他們仍有復合的希望。」

老婦轉而望向鄰居的花園，那兒有隻蜂鳥正在松樹上試著牠的運氣。

「她並不適合妳，」艾蒂絲頭也沒轉的重複道：「妳迷惑了她，讓她有了歡笑，而她也會讓妳愉悅的，可是這樣並不好，只會讓妳傷心，妳還事要做，不要成天和她跑來跑去，害得妳最後一事無成。」

此刻我對這位老婦的愛是無法言喻的，因為，她是那麼地精明、厲害。只見她斷然地把手放在我臂膀上，一字一句的說道：「請忠於妳們各自的好老公，我知道自己在說什麼。」我覺得這些話她在過去就曾對人說過，只可惜那人一直當成耳邊風。

「太晚了，」我不敢正視她，「他和我已成為過去式，我們之間結束啦！」

她想笑，或許這位宿命論的老婦發現了什麼荒謬可笑的事。那聲音冷冷的，有些陰森，似乎更像是乾咳，讓人感覺一陣苦澀。

「哈達瑪是妳的未來嗎？妳相信這個？好孩子，她一生中從未做過一件不依慣例的唐突決定，我是看著她長大的，相信我，如果她真能達到妳的要求，那如今又會是怎樣的一番局面？」

「過去我也不能達到她的要求。」我在一番深思熟慮後說道，同時放下了那籃玫瑰。

「妳把自己和哈達瑪比？在妳歷盡了滄桑後和她相比？」

她對我過去所經歷的一定知之甚詳，這點無庸置疑。有些老婦很喜歡知道這些，因此了解不少她們不該知道的事，以及一些沒人告訴過她們的事。

我聳了聳肩，把手插入口袋裡，有意輕描淡寫的說：

「我現在的經歷是沒得比的！」在微暗中這就彷彿是齣通俗劇，圓滿的結局中帶有點甜蜜的感傷。

「別指望我們會為妳感到抱歉，妳很清楚自己在幹嘛，妳的唯一錯誤就是低估了習俗或是慣例的力量，在自己的夢幻世界裡徘徊不去，彷佛把那兒當成了自家後院。也不斷地尋找過去的自己，就好像過去可以對妳這樣的人做出解釋一樣，其實過去是無法解釋這些的。妳不屬於這座老式花園，更不是屬於過去的，而是特立獨行又生氣蓬勃的人，如果還有其他像妳一樣的女人，那她們一定在這附近，只是妳沒有發現她們就在周遭，就在自己家隔壁，或是下條街……」

「為什麼哈達瑪不該和我攜手同行？如果我一定要去尋找她們的話，那哈達瑪為什麼不能來？」

「她永遠都不會去的。」

「妳們每個人都低估了哈達瑪，妳深愛著她，但卻把她給藏起來，讓她不敢露面，這算哪門子的愛？」

「是老式的愛，許久許久以來它就一直在我們周遭，有了它妳就別無所求，也不會再有更多的期望。」

「哈達瑪終究會屈膝的，即使沒有一個人了解，我也充分明白這點。」

眼看艾蒂絲就要悄悄走回她孤獨的世界裡了，可是這時她卻靠了過來，埋首在我手中，語氣也似乎有些退讓，「面對像妳這樣熱情洋溢的女人，哪還吵得下去？」

「沒人希望這樣，我完全依賴過去，哈達瑪是我的，因為，她始終都是我的，而且……」

「我看大家一向都不知道什麼時候該嚴肅地對待妳，我現在就嚴肅而鄭重地警告妳，」她再一次發出那種森然的冷笑，「但我也知道妳是不會在意它的。」

第十四章　愛的告白

哈達瑪和我步入市場的大街，突然間她在一家專賣海軍剩餘用品的店面前駐足下來，隔著窗子望著裡面。那些小女孩再過幾天就要去露營了，因此哈達瑪想給她們買些軍用水壺。像這種差事我都會陪同她一起去，幫她提東西、開車、開車門，或是到餐廳點菜什麼的，只是她堅持自己付帳，而且給的小費還不少。

我似乎愈變愈年輕了，因此她也成了我的「黃臉婆」，她假裝不知道，但這是怎樣都隱藏不了的。馬克斯和我經常去她家享用安息日餐，如今她家族的每個人我們都認識了，也了解歌唱和祝福這整套儀式。馬克斯希望坐在艾蒂絲旁邊，而我則一直期待著用餐時間早點結束，好跳過去邀哈達瑪共舞，可是艾蒂絲似乎在那時就有些快快不樂。

「姑姑認為我正一步步毀了妳，」哈達瑪在繞著一排排掛小水兵服的衣架間緩步前進時，眼睛瞇成了一條縫，「不過我說妳會照顧好自己的。」

「妳知道我是不會照顧自己的，最後一定弄得一團糟。」

「把這個給穿上！」她邊說邊丟了件水兵服到我腦袋上，然後死拖活拉的帶我到一面鏡子前，在短髮和藍色牛仔褲的襯托下，我穿上那件水兵服後顯得分外削瘦。她看到我不斷提醒她這些，就說她父親和兄弟小時候都是穿水兵服和家人合照的。

「哇！真是與眾不同！」她這樣說道，就好像過去從沒見過我似的，「有點不太像妳自己了，看起來就像……妳讓我想起了……」她似乎一臉困惑地停了下來，那種眼神就好像來自於很遠很遠的地方，讓人感到茫然，「這種樣子很……我說不上來，這種親密感也……妳讓我想起了什麼呢？」只見她退後了幾步，幽幽地小聲說道：「我認識妳，在以前就見過妳，好像是……」

我瞧了瞧鏡中的自己，在水兵服下的我已不再是個小男孩了，而是著軍服且身材高大的年輕男子，沒錯，他就在那兒，完完整整的，而且清晰可見。對我來說，「他」也是再熟悉也不過了，就彷彿我終於遇到了真正的自己一樣。這時，哈達瑪的神情有些迷惑，接著有些騷動不安，最後又是一片慌亂，不過有良好教養的她可並沒讓這種表情明顯地寫在臉上。只見她定了定神，縮回下顎，想要穩住自己急促的呼吸聲，然後看了看鏡中的自己。樣子似乎有些痛苦，面色也顯得蒼白些。

其實在我想像中自己並不適合穿這種水兵服，只見「他」面帶憂鬱，整個人的形象被一種無以名狀的哀傷氣氛破壞無遺，深塌的雙眼長著長長的睫毛，似乎穿起這身軍服本身就是個錯誤。他應該一個人坐在菩提樹下寫詩，為什麼呢？我一直想成為一個讓女人無法抗拒的年輕男子，整晚坐在窗戶邊喝著伏特加，或是徹夜豪賭。不過，像是跳到桌上瘋狂地在碎玻璃間跳著踢躂舞等情節，則是我無法想像的。

哈達瑪貼近了我說道：「妳就是想要讓我了解這個嗎？妳就是希望我這樣嗎？可是，我並不想這樣，妳明白嗎？我並不想和這有任何瓜葛。」

她一定是捕捉到我臉上的表情了，或許和她一樣的感傷和不知所措。

「不！請原諒我！」她囁嚅道：「等一等……」只見她搖著頭，接著煩躁地揮揮手，「這真是太瘋狂了，妳嘴巴裡吐的都是廢話，有時候我覺得……就好像一切都……就是我們口中所稱的過去……使得我們被一堵透明且薄如蟬翼的牆給隔開了。」

她先望了我一眼，接著又從頭到腳仔細端詳了好久，最後目光又離開我身上，飄到了別處，就好像目睹到自己的世界正在分崩離析一樣，「我明白啦！」口吻中似乎有些讓步了，「就是這意思嗎？我……我……」

現在只要再有個隻字片語她就會甦醒了，只要再吐露一個字她就會明白一切的，其實我了解這已經好幾個月啦。我們過去就是靠著這股執著不斷摸索著前進，不過如今這股執著的力量不是會支離破碎—就破碎在這兒，破碎在市場大街的那家軍需用品商店內，破碎在用過的襯衫和有暗釦的褲子之間—就是得坦白承認它。

之後就是一片靜默，氣氛有些懸疑，不知不覺中會讓人以為有震撼力及撕裂力的話即將說出口，接著突然間整件事又變得再熟悉不過了。我知道它會朝哪個方向發展，也知道如何收場，而且，我也不知道該如何做才能出現不一樣的結局。乍然間水兵服消失了，麻煩的玩意兒總算是去除了，誰需要著軍服的他？我已經成了一個比「他」還要好的人。只見在一片模糊中，鏡子裡出現了兩個女人，其中一個傾身向前，另一個則往後退縮。

她們說如今這一切都簡單多了，但要如何回到從前呢？我可以想像得到，那些地方仍會把這種友誼視為天大的新聞，如果妳仔細看清楚，就會明白這種熱情洋溢的愛並不會讓妳的生活就此安頓下來，而哈達瑪那種愛我的方式也會讓她從兩人的關係中倉皇逃出，而且，她也不希望走到那步田地。

「老天，這兒可真熱啊！」她的耐性好像快被磨光了，「瞧瞧我熱成了什麼樣子？」

玻璃會像這樣粉碎，冰在經過一個漫漫長冬後也會像這樣碎裂，而石塊經過擊打後也會像這樣沿著其紋脈破碎。當然，兩個女人間那種最深刻而火熱的情誼也會像這樣破碎，只有完完全全甦醒的人才能緊緊掌握住兩人間所發生的事。

我告訴自己，或許是因為我對她的手段太激烈了，或許我此刻的感受就是這樣，也或許從愛這個女人的過程中我想學的，就是如何再度回來，再一次退回到原點，去吸引她、小心看好她，而不要再有患得患失的心。因為，我知道唯有這樣才能有朝一日使雙方攜手達成些什麼，而讓此欲求持續燃燒下去，以及彼此參與，共同分享。或許，這套有憂鬱味道的水兵服正在教我認識了這個道理。

天氣很熱，那套水兵服又重得很，而且我也討厭那種羊毛料子。但當我脫下來時哈達瑪卻皺起了眉頭，並粗手粗腳的把價目標籤從袖子上給扯下，然後走到櫃檯付帳。

對她來說，這是達成了解的「最後一分鐘救援行動」，對我而言，這卻是她「愛的告白」。

第十五章　男性的慾望

在每場愛情中都有像水兵服這類的東西出現，不管那是什麼，它的實際意義都遠超過我們的想像，在親密關係的發展過程中，它提供了一個明顯的舞台。為什麼這麼尋常的東西會有如神助般地帶來不少神秘的力量？並不是一定得用現實生活來證明這點，而且沒有一樣東西和我們所想像的那樣一成不變和靜止不動。如果我們有足夠的膽識和想像力，就可以充分運用一件舊水兵服來回於現實，超越於此時此刻，改變樣子，或是揭露出我們的真正意圖，而在此同時又能將這一切掩藏得好好的。甚至在穿上一件購自於市場大街軍需用品店的舊水兵服後，就能打破傳統的穿著禮儀，宣稱自己永遠忠於對方。

以後每到安息日聚會，我都固定地穿起那套水兵服，以及寬鬆的楞條花布褲子。我曾告訴馬克斯、哈達瑪、艾蒂絲、艾嘉以及所有出席的人，我已決定盡量把自己打扮成一個厚臉皮的男孩子，而上述服飾正是最適宜的裝扮。我對這件事曾經思索了許久，心想女人從愛情中所得到的歡愉應該比男人多，但是追求歡愉卻是男人的一項特權，他們可不會讓它「投閒置散」的。我心儀於獵人那種獻身於這一行業的「從一而終」精神，從不屈服，而且知道如何掩人耳目，不過，它又怎能和自己放棄自己的這種行徑相比呢？

我所變成的「那個傢伙」，是我所見過觀察最敏銳的人，「他」從不放棄，從不肯停下來喘口氣，總是能集中所有能力，發揮出其精明、智慧以及固執不移的那一面，展開情慾上的征逐。從觀察、追蹤、等待、想像、安排以及過程規劃中所獲得的快樂，不是任何的歡笑或其他可以想到的成就所能比擬的，而被追求的另一方則不管是誰，都得擔起自己「讓渡」出去的一切重擔，至於前者則永遠不知道何謂放鬆、滿足以及官能上的成就。小鳥如果被他抓在手上，那用不了多久就會一命嗚呼，而他所途經的色慾之地則始終上演著追尋和捕捉的戲碼，而且，在柔情之下他也能一掃憂鬱的心。

在我和哈達瑪卿卿我我之際，我的生活起了奇怪的變化，而她則沒有。哈達瑪經常在一天開始前就見到我，一天結束後仍離不開我的視線，而在其他的安排與活動之間，更是頻頻探視我，甚或帶著我一同參加活動。如今我大部份的時間都不在家裡，只是偶而會晚歸，然後和馬克斯同床共枕。這時，他會把手臂環著我，就好像我們都同意在雙方都年華老去時，以及在這一切都成為過去時，仍是好朋友。沒錯！我和他之間的情形的確就是如此。

我和他談起了自己的童年往事：那位校長告誡我慢慢從樹上爬下來，可是我卻猛然從上面一躍而下。馬克斯小時候也曾幹過這種勾當，因此會深得我心似的和我一起相視大笑。我知道如何從其中一個自我輕易地溜進另一個自我，也知道怎樣才能輕鬆的「越界」，從女人迅速變為男兒身，或由男人毫不費力地恢復女兒身，這些我都一五一十的告訴了馬克斯。過去在身為女兒身時我會穿起女孩衣服，頂著一頭長長的秀髮，把花插在髮帶裡，把鞋擦得油亮光滑，而且喜歡穿有褶的乾淨白襪。此外我也喜歡找人打架，有一天我把鄰居的一個孩子王給按在地上，逼著他向住在後街一位叫厄爾的黑人道歉。

憑著這副「越界」的本事，我又會幹起哪些好事呢？馬克斯認為女孩子較能安排自己的生活，因此日子過得較為輕鬆寫意，至於男孩子的「性身份」則在孩提時代即已固定，過了那個時候就沒有什麼可以選擇的空間了。

由於我們這些談話始終是抽象的，較為「形而上」，並給人一種「仰之彌高」的印象，所以我不太清楚他是否明白，我所談的正是我自己的生活，以及生活裡所發生的事。有時候覺得自己該握住他的手，把他拉到沙發上，和自己並肩坐著，然後深情地望著他說道：「馬克斯，你想我為什麼會在盛夏穿著這件水手服？」

可是我卻一直沒這麼做。

史蒂芬在最後一次探望哈達瑪時，送給了她一頁貝多芬的短曲真跡，這是貝多芬寫的「華德斯坦奏鳴曲」（Waldstein Sonata）的初稿。哈達瑪對這愛不釋手，把它給漂漂亮亮地裱褙起來，然後掛在姪女們於每月第一個禮拜天演出弦樂四重奏的那間屋子裡。記得那個時候哈達瑪的美麗歌聲就已成絕響，大家都沒辦法說動她，甚至馬克斯出馬相求她也沒輕啟朱唇過。她是真的很喜歡馬克斯，總是催著我採取主動以挽救這場婚姻。於是我告訴她，我和馬克斯就像是分坐兩列火車的兩個陌生人一樣，只是在進站的霎那間四目交會而已。哈達瑪頗同意我的看法，也目睹了一些在我和馬克斯之間所發生的事，不過，她並不了解這些。

每次聚餐我通常都留到最後，當大家都一哄而散時，我就負責善後，而哈達瑪則在我洗碗盤時，把殘羹剩菜餵到我肚子裡。其實我們大可偷懶不做，因為第二天一大早管家就會來處理的，但是，我卻開始愛上這份洗碗盤的工作了。如果有好幾個小時沒看到哈達瑪，我就會想起了我們的歡樂時光：在我洗碗時她喜歡膩在我身邊，陪我聊天，把我洗好的濕碗盤接過去擦乾。有天晚上，我們又在享受「畫眉之樂」，只見她用手把我嘴唇上面的肥皂沫給輕輕抹去，不過她飽滿堅挺的胸膛卻在此時輕輕觸到我肩膀，我們的雙手也在做這些家事的過程中不時互相碰觸到。一時之間我們似乎都沈醉在這種充滿誘惑的肉慾中，渾然未覺，流連忘返，而這也似乎暗示出我們共享家庭生活的可能性。至於我在上街購物時也常和她同行，我們一起買店家自製的麵包，相偕穿過唐人街的大街小巷找尋燻茶鴨，回到家後也一起擺放數不清的長桌子做為安息日聚餐之用，甚至，我們也喜歡一塊兒把銀製餐具給擦亮。

她的閨房在樓上，頗為寬敞，窗檯上可以坐人，常貪戀著戶外美景的我們很喜歡坐在那兒。我想如果我願意留下來的話，我們會在那兒流連竟日的，不過我認為在那種地方即使妳抓住了對方的纖纖小手，然後用臂緊緊環著她，也不能視為愛的表白。當然，即使併肩散步，談了一晚上的悄悄話，或是一大清早起來相偕晨跑，也仍不能算是愛。因為，即使兩個沒有對彼此做出承諾的女人，也會做出這種事的，就算兩個人在這過程中「重新改造」過，而且其中一人瘦得連女兒十幾歲時所穿過的牛仔褲都能把自己塞進去的話，也不能稱之為愛。

有個週六晚上我和她相偕外出，那天我穿的是黑色的天鵝絨長褲，有蕾絲醸邊的襯衫，以及黑色的絲質馬甲。對我來說，這種裝扮端莊高雅的有點讓人不習慣，可是哈達瑪卻很高興，在我們相偕步下通往劇院的階梯時還頻呼：「哇！我的小天使，真是天真無邪又可愛！」一雙臂膀接著又向我伸來，過去從沒聽到她這樣說過，也沒瞧見她這樣做過。就這樣，我開始沉浸在莫札特的小侍僮角色之中，莫札特給這個踰矩的小男孩三種選擇：唱小夜曲給女人聽，或是把他打扮成小女孩，抑或是送去從軍，不管哪種抉擇證明最合宜，這個重要故事就到此為止，沒有再見到其他情節了。但這又如何？我會在意嗎？每當哈達瑪傾身向前時，她那件波紋皺絲襯衫的一角都會磨蹭到我膝蓋，如今我已成了她的俘虜，而且和她又挨得這麼近，讓兩人的呼吸頻率都能漸趨一致，當她的手無意間一動也不動地放到我膀子上時，也讓我對游移在我倆間的那種情愫鼓動滿是期盼和遐思。

這個女人有足夠的力量把我變成她想要的任何東西，而我也有力量在她想改變我時盡量配合著做改變，而不會喪失掉自己基本上所追求的。如今我已是狂野的男孩、小侍僮，也是憂鬱的水手，會占有她的。另外我也忽然想到了男性慾望的神秘一面，並期待著她賜給我擁有她的權力。

因為，我想要得到她，我需要她，她是我的。我是如何知道自己已身為男兒身？就是因為我基本上確信自己在情慾上擁有這份特權，所以對這件事就完全瞭然於胸了。

第十六章 爲我歌唱

如果你在深夜閉上眼睛，從一百倒數回來，就像是從高處步下樓梯的話，那就會開始看到東西。這東西可能是街景，可能是深宅大院裡的房間，也可能是在你出生前就已經拆除的小公園。有時候你看到的是幅鮮明而生動的景象，那是因為它伴隨著官能上、肉慾上的印象，甚至是伴隨著感覺而來。那整個景色會在你面前演到完為止，但不會讓你覺得是在做夢。總之，這些東西會很容易大量出現在我們眼前，很容易把它們當成過去曾真正面對的明顯證據，當然也同樣容易忽略了它們。

只要我把這情形告訴了哈達瑪，她就一定會停下手邊的事，比方說如果我們正在林子裡散步的話，她就會停下腳步，貼近我面前站著，仔細聆聽我的話。接著我們就慢慢不再參加其他聚會，不再去餐廳或展示會，也不再外出購物，只是一同窩在我的小小天地裡。而她過去那種儀態萬千、長袖善舞、辯才無礙、在酬酢中應付裕如的影子也都不見了。一時之間她待在家裡的時間似乎變得好多好多，我永遠也不清楚自己究竟得發揮多大的魅力，才能把她留在自己身邊，讓她漆黑的眸子始終跟著我的眼神游移，就像是在深深思索我話中的價值何在一樣。

這才是我深愛的哈達瑪，我愛她這種集中力量、發揮力量、投注所有精力，以及隨時做好準備的樣子，也為了我有力量拉她過來，使我的夢想更具體化而深愛著她，不過如果她本來就是我下定決心要認清的那種女孩，或許對她的愛就不會這麼多了。我曾撕裂了她虛偽的一面，拆穿了她外表長袖善舞，內心卻脆弱無比的假面具，也深入她內心世界中最幽暗而神秘的「聖殿」中一窺堂奧，瞭解了她一些隱藏在內心最深處，但自己卻始終視而不見的私密。就這樣哈達瑪步入了我的記憶中，就彷彿發現了一個她知之甚詳，但卻遺忘已久的世界。當然，她也以緩慢的語氣，暗中摸索著向我表白自己是如何度過兒時的「暗夜叢林」，以及這個野性難馴、動輒引起騷動和資質極佳的小女孩，當初其實是遭到遺棄的。其原因為何我尚不明白，可是很清楚的是，如今她正亟待著有人能再拉她一把，讓她忘掉過去的不愉快，並積極面對往後的人生。或許我這套討好女人、奉承女人的方式有些奇怪，但那段時間我的確就是這樣對待她、呵護她的。在一起翻閱她家族的相片時，我特別留意到一個老婦人，照片中她架副厚厚的眼鏡，坐在窗下，旁邊有隻金絲雀伴隨著。哈達瑪立刻就認出，這名老婦就是她外婆的姊妹，可是，這些老人的故事卻從沒人告訴過她。

在她家我還看到了一幅畫，背景是個公園或是大花園，有如茵的草地和小巧細緻的桌椅散落在爭豔的群英之間，並面對著一幢有著長長窗戶的白色建築。在一個長椅子邊站著的，就是位身著水兵服的年輕男人，正在坦誠地和一位無法正視他的女士談話。我似乎喜歡上這個年輕男人了，因為從他身上我瞧見了積極而熱情的一面。細看之下還可以發現這個年輕小夥子蒼白的臉上似乎泛出了些血色，或許最近生了場病。當他轉過身抬起頭來時，就彷彿在直視著我──他的「女性未來」。由他湛藍的眸子所射出的那股蒼白神色，我看穿了問題的核心所在，看來我想像中這個魯莽的男孩正承受了甚大的風險，為了眼前那個女人而甘願家庭破碎。

噢，沒錯，整個故事就顯現在他眼裡：貧窮困乏、忍受痛苦、對隱晦不明的內心狀態甚為敏感，但有著昂揚的活力，以及給人一種緊繃的強烈感受。如今我為什麼會與他「一見傾心」呢？是為了提醒自己不要像他那樣愛得這麼辛苦？還是為了避免自己陷入這種已經變質的痛苦中？

當我把這座花園的景象描述給哈達瑪聽時，她立刻就認出，這是她外婆的姊妹在舉家搬往維也納後不久所畫的一幅水彩畫。我永遠都不可能親眼目睹到這座公園，因為這幅畫是在一八六〇年左右畫的，和艾嘉所告訴我的年代相同。另外，我也從沒看到哈達瑪從流傳了好幾代的家族照片或繪畫冊中，抽出過這幅褪色的水彩畫。不過，它和現實世界竟是那麼地吻合，而這個在我出生前就消失了近一個世紀的地方，也會在我的記憶中留下不可磨滅的印象。

我是否會覺得自己就是這個曾深深愛上哈達瑪外婆的姊妹，並因而成為悲劇人物的年輕人？哈達瑪是否會認為我就是這個年輕人的化身？她是否會認為我們之間這種曖昧、神秘又永無休止的關係，可以由兩人在劇院裡的短暫碰面，在暗夜裡的攜手漫步，以及一封封只見諸文字，但對前幾代恩恩怨怨卻從未交代的信件來加以說明或解釋？艾嘉知道那件水兵服後面所隱藏的所有故事，可是他卻始終沒對我說，只是有天晚上心血來潮和艾蒂絲姑姑爭論著，究竟那年輕人是死於肺病還是自盡而亡。

我確信他是自盡的，但每當我提出此一看法時，哈達瑪總是對我怒目而視，然後有點緊張地把茶杯推到一邊，嚴厲地說道：「妳簡直分不清楚什麼是夢境，什麼是現實世界，如果這樣下去的話，遲早會瘋掉，搞不好還會把其他人給拖下水，讓他們也和妳一起發瘋。」

「哈達瑪！」艾蒂絲姑姑立刻斥責她道：「事實真相即使弄錯了一些些也不會傷害妳多少的，何苦這樣？」

「妳不應該讓她這樣肆無忌憚的說下去，否則無異是鼓勵她繼續口無遮攔。」哈達瑪急著回嘴道，或許她認為姑姑並不清楚這些話的嚴重性，「妳還不知道她幹了什麼好事，去問問她，上前問問她呀，她認為畫中的那人就是她自己，她覺得這些事都封存在她記憶裡，因此對這些事的前因後果都很清楚。她真是笨死了，以前我就這麼覺得，只不過現在更加確定了。」

艾嘉倒了些葡萄酒在一只小巧的高腳杯裡，然後推到哈達瑪面前，「在我那個時代都很了解金這種人，她已經發現沒有必要分得這麼清楚。她的看法很對，對極了，我向妳保證，妳年紀再大點就會發現，把夢境和現實世界分得這麼清楚其實並沒什麼意義，只會讓妳整天窮緊張而已。」

哈達瑪仍是怒不可遏，「這很危險的，這對她來說是很危險的，而且也會危及我們每個人。」

「坐下來，哈達瑪！」艾蒂絲姑姑說道，哈達瑪於是順從地坐了下去，「金是我們的客人，我們這些人似乎都沒把那些話給放在心上，看來只有讓妳亂了方寸，此外我堅持妳應該去道歉。」

哈達瑪搖搖頭，把肘放在桌上以手支頤，然後狠狠地瞪著我。

「妳一定要道歉！」我也不假辭色的說。

她窮兇惡極地看著我，就好像在警告我立刻放了她，否則就和我沒完沒了。

「沒錯，她說得沒錯！」我深思了一番後開口道：「我覺得自己就在那兒，我認為這些就是我自己的記憶，我就是那個自殺的年輕人，如果哈達瑪不道歉的話，我還是會這麼認為的。」

只見艾蒂絲姑姑鼓掌喝起采來，艾嘉也站起來向我行禮致敬，我內心那股飄飄然的感覺是過去從未有過的。我曾經做過些愛的表白，而哈達瑪也接受了它，因此沒多久她終於笑了出來，起初還想勉強壓抑住笑意，不過後來索性放棄了這些無謂的掙扎，開始哈哈大笑起來，那美麗動人的模樣實在讓人難以抗拒。

「親愛的貴客，」她有些悔不當初的說道，同時雙手交放在胸前，讓人愛憐不已，「妳不會瘋的，同時我也不會讓妳想不開而走上絕路的。」

「別讓她就這麼走了，」艾蒂絲姑姑說：「別這樣輕描淡寫的一筆帶過嘛！」

「我要怎樣才能彌補這一切？」哈達瑪喊道：「我可

以做任何事，求我做什麼都可以。」

艾蒂絲和艾嘉互望一眼，「你們敢？」哈達瑪的語氣中滿是熱情，十足小女孩的模樣，每當她心情愉悅時就會這樣，「其實妳們都知道，我不會做那件事的，妳們千萬別告訴她，看來她也猜不到。妳有在聽嗎，金？別提出那個要求，即使是妳提出來我也不會去做的。」

「即使是我沒用？妳不會去做嗎？即使拉住我叫我別跳河這種舉手之勞的事也不會做？」

艾蒂絲凝視著我，並用手指頭不斷敲打著桌面，似乎在慫恿我、撩撥我。

「好啦，別再鬧了！」哈達瑪突然提高了嗓門說道，就好像這場遊戲已轉趨嚴肅。

艾嘉則把他的座椅往後推了推。

「你要去哪兒？」她追問道。

「妳知道他要上哪兒！」我對著哈達瑪說道，同時艾蒂絲也給了我一個充滿鼓勵和狡詐的微笑。不過，我並不知道艾嘉要去哪兒，也不明白她們到底在玩什麼把戲？

只見哈達瑪身子一彈，飛也似的來到門前，擋住了艾嘉的去路，而艾嘉則猛搔她的胳肢窩以求脫身。他們就這樣毫不避諱地讓這一幕幕看在我眼裡，哈達瑪一定從小就和他們這樣「沒大沒小」了，這回顯然她是不放他過去了。

艾蒂絲向我招招手，當我過去後她就悄悄在我耳邊說；「走這邊！」只見她帶著我越過廚房後面的一間小餐具室，以及又寬敞又黑暗的大廳，來到了那音樂室。接著她又扭開了牆上的燈，頓時一股暖意從那張高加索地毯上升起，這間幽暗的老房子於是又恢復了光明。這時，艾嘉和哈達瑪這「寶一對」也一前一後地衝進了這個房間。

艾蒂絲把我推到一張椅子裡，然後就站在我後面，而艾嘉則打開了那架頗有年歲，但依然光可鑑人的貝森朵夫鋼琴，彈奏了幾個音符，同時滿意地點頭。當然，旋律是完美得沒話說。

但哈達瑪此刻卻兀自走到窗戶邊，默默地背對著我們佇立在那兒。在其他人眼中，她一定又在和我們「玩遊戲」了，可是我看得出她一定滿是畏懼，而且似乎陷入了重重困擾中。後來艾蒂絲又向我咬耳朵：「所有錯都是她老公引起的，不怪他還怪誰，他經常對她說：『如果妳無法把事做得盡善盡美，那幹嘛還攬在身上？』那小子經常雞蛋裡挑骨頭，嫌她歌聲有缺陷，那個時候她就離開了他，一個人從歐洲回來，想想這已經是好久以前的事囉！其實在她下嫁之前就迫於他的『淫威』而不願意在別人面前引吭高歌，即使連艾嘉和我也無緣一飽耳福。」聽她這麼一說，我立刻收拾起嬉笑怒罵摸的神態。

我慢慢踱到窗戶邊時，哈達瑪正凝視著外面的街道，雙手握著窗簾布。而原本昏暗的音樂室裡，也只有艾蒂絲所靠的那張椅子背後出現些許的明亮。

哈達瑪說：「她們認為我太愛妳了，所以如果妳開口要求那件事的話，我會為妳做的。她們其實沒錯，如果妳堅持，我會做的。」

「真荒唐，這全是一派胡言，我永遠也不會要妳做自己不想做的事，甚至我到現在還不知道這是怎麼回事。看來妳們都在打打鬧鬧，只有我一個人被矇在鼓裡，像個傻瓜似的。」

「這些年來，她們一直想讓我再展歌喉，當然她們是用心良苦，而且方法也別具巧思，不會嘮嘮叨叨的，也不會讓我為此而煩惱萬分。可是，看到她們那種充滿期待和企盼的神情，我知道這對她們來說意義十分重大。」

「但是妳自己決定好了嗎？妳永遠都不會再唱了嗎？」

「過去想唱的欲望一直讓我感到不適和煩躁，當然我也不希望這樣。不過她們卻因此而責怪史蒂芬，他這麼做的確很挑剔，也讓人看不順眼，不過他說得沒錯，世上已經有這麼多歌聲無懈可擊的唱將，幹嘛還要獻醜？」

「妳在開什麼玩笑？難道在開口唱之前還得清查妳的祖宗八代，或是查看妳歌技如何後才能一展歌喉？難道在妳輕啟朱唇時，還得把自己送給別人評審一番才行？」

「別人都說我在歌唱這行是不會有前途的！」

「如果有的話呢？」

「起碼史蒂芬就不這麼認為！」

「沒有前途？為了這就從此封口？史蒂芬算哪棵蔥，怎麼會知道得這麼多？他以為他是誰呀？」

「不管哪一方面他的判斷都沒出過錯！」

「沒有一個人是神，可以在判斷上從不出錯的，哈達瑪，」我一把抓住她，強迫她轉過身來面對我，可是她又轉開了，「這是不可能的，如果就為了一個男人的判斷而放棄唱歌，妳能忍受得了嗎？是可忍孰不可忍，要是我就絕對嚥不下這口氣，真的！我是說真的。」

這時她又轉過身來望著我，「妳怎麼可以這麼說，好像這有多至關重要似的。」

「起碼對我來說這至關重大！」

「但妳卻從不會開口求我對不對？」

「如果妳希望我這樣，我就永遠閉嘴不提。」

只見她緊揑住我的手，並開口說話，看來她是改變了心意。

「可是我已經開始欣賞妳的歌藝了，還記得嗎？當時我們正在林子裡散步。」我說道。

「我不知道妳還記得這件事，妳從來沒在我面前吐露半句。」

「那歌聲餘音繞樑，讓我久久不能自已，可是我卻寧願沒有這個印象。」

「妳再說一個字我就永遠封口！」

「好！好！好！我現在保持安靜，一句話也不說。」

「妳是站在我這邊的嗎？」她低著嗓音問道。

「不管這句話是什麼意思，也不管妳希望它是什麼意思，我都永遠站在妳這邊。」

看來我們還有很長的一段路要走，才能平息她這許多年來擔驚受怕、缺乏自信以及猶豫不決的心理。當我們相偕離開窗戶走回去的時候，她一直都挽著我，接著把我推回椅子上，以一種銳利、憤怒而近乎苛責的眼神望向艾蒂絲，並走到鋼琴邊，站在艾嘉的身後。最後就把手按在艾嘉肩上，以他們自己那套親密的方式笨拙地摸索著那些樂譜，只見兩人推過來擠過去的打開樂譜，笨手笨腳的翻頁，還互相喁喁私語。

艾蒂絲則用手猛烈地抓住我肩膀，然後附在我耳邊悄聲說道：「妳辦到了耶！讓這原本不可能發生的事出現在我們眼前。在這些年來的沈默後，她終於為了妳開口唱啦，她竟然為了妳而開口了耶。瞧！妳瞧瞧她！只要用瞧的就好。」

艾蒂絲竭力控制自己的情緒，勉強讓自己沒哭出來，只是一味緊抿雙唇的結果讓她眼角的皺紋顯得更深了，讓她更加地老態龍鍾，同時神情也益顯悲壯，看來一副精疲力盡的模樣，「妳把她給救活了過來，我這把老骨頭費盡了千辛萬苦，本以為這輩子已不可能再讓她開口了，可是妳卻……如果這件事都能辦到，那還有什麼可以難倒妳的？看，妳看看她！」這次艾蒂絲更是顯得有點迫不急待，大概是不想讓我看到她在哭而要一吐為快吧，「長久以來我從沒見過她像今天這樣，這段日子到底有多久了？她有多久沒有做過真正的自己了？有多久沒有像我的哈達瑪那樣靜下心來，集中心力地唱完一首歌？」

第十七章　歌聲禮讚

哈達瑪曾玩過鋼琴和小提琴，一直到她十五歲那年才歇手，那時艾嘉也是頭一回聆聽到她那讓人迴盪不已的美妙歌聲。在她身上他發現了一個如假包換的女低音，音色渾厚低沈不說，還給人一種溫暖和感情豐富的感受。於是，艾嘉在家裡教她音樂，就像在他放棄音樂而改讀法律之前，他父親所教他的那樣。艾嘉的教學手法很有技巧，除了嚴格外，也極富愛心和耐性，使她順利度過那段青澀的反叛期，無畏於乏味冗長又要求頗多的練習時間，而將自已聲音中那股自然之美完全渲洩出來。

哈達瑪是在茱莉亞學院畢業後的那年夏天邂逅了史蒂芬，當時她的追求者頗眾，還不乏有頭有臉、並打算在前程上助她一臂之力的人士。當時她的表現確是出色，而且可以說是相當的出色，但是，還能再表現得更棒，而到達無與倫比、獨一無二的地步嗎？可惜史蒂芬不這麼認為，他覺得自己找到了她音色上的缺陷，而且其他人也可能聽出了這種缺陷足以破壞整個美感，於是，他向她實際說明了這些，還引證歷歷。由於史蒂芬的說辭甚具說服力，使得她需要得到些不一樣的鼓勵，才能勇敢地站在艾蒂絲的音樂室裡，準備向三個最愛她以及最了解她的人獻唱。

這時哈達瑪面色十分蒼白，在瘦削而蒼白的面容所烘托下，眸子碩大得甚至有些不自然。在屏住氣後，她試著發出一兩個音，接著又試著提高一個半音，不久就在兩個八度音階間的音域內，不斷吃力地提高或降低其音階，而且沒多久就可以清楚聽出她並沒有疏於練習。只見音色完整而嘹亮，玉潤珠圓的，音調也確實抓對了，但這怎麼可能呢？她不是和自己取得了妥協，日後決不在眾人面前引吭高歌，只有私底下一個人練習嗎？是不是常在私底下偷偷練習，才不致使自己的聲音失去其靈敏度和焦點？如果真是這樣的話，她為了想像中的不完美而表現出的懺悔方式是多麼奇怪啊，而且，在完完全全屈從於史蒂芬的判斷之際，還能堅持自己的一些核心信念，這又是多麼地像哈達瑪平日的行事風格啊！

在音符的反覆進行中來到了高音的A，可以聽得出略顯粗粗的，有點刺耳和不調和。而此時她也是面帶苦惱，從鍵盤邊倒退了一兩步，且焦慮地望了望屋內其他地方，好像向自己保證史蒂芬並沒在現場一樣。

艾嘉再度彈奏起那個樂節，把她帶入較高的八度音階。此時可以聽出她聲音略顯震顫，於是艾嘉改彈其他的鍵，而她也立刻跟了上去，就這樣終於抓對了音符。

這是濃郁而幽暗的聲音，比起上次在林子裡的歌聲還要來得濃烈而嘹亮，不但引人注目，而且靈敏、流暢、音調出色。而艾嘉的表現也不遑多讓，可以看出那些都是他所熟悉的曲目，其中有幾首較短的布拉姆斯作品，一首巴哈的詠嘆調，以及一些十七世紀的抒情曲。很明顯艾嘉用心頗為良苦，盡可能讓整件事看起來是不經意的「隨興之作」，而不是刻意營造出來的。不過，他卻一再以急切而焦慮的目光注視著艾蒂絲，表情滿懷期盼，似乎也很擔心老婦人用力抓我肩頭的動作，會讓較遠處的哈達瑪分神，不但會讓她跟不上自己的聲音，也會和他一樣煩悶、害怕起來。

哈達瑪和我過去就經常在一起聆聽這些曲子，而且往往一聽就聽到半夜三更，像是莫倫・佛瑞斯特（Maureen Forrester）和凱瑟琳・費瑞爾（Kathleen Ferrier）等歌手所演唱的曲子，都是她的最愛。另外我們也曾一起探討過她們的歌唱技巧，對於某些特別的樂節更是百聽不厭。當然在音樂這一領域裡她對我的教導頗多，讓過去只有在「穴居」時迷戀於聽歌的我茅塞頓開，難道是因為她早就打算為我獻唱而這麼做的？難道是因為她想教我怎樣鑑賞或認識她的聲音而這麼做的嗎？

不久，馬勒（Mahler）的「大地之歌」（Das Lied Von der Erde）這首悠美旋律，又在不經意間從艾嘉的指間緩緩滑出，而哈達瑪則默默地站在一旁，看來艾嘉一定在許多許多年之前就為她量身打造地準備了這些作品。這時，艾嘉質疑地望了望她，好像要告訴她歌聲必須表現出鬱悶不樂以及騷動不安的一面，讓這些原來由木管樂曲和角笛所演奏出的音串做最好的展現。

哈達瑪面色出奇地沈穩冷靜，而美妙的音色也充斥著整個屋內，儘管她的表現方式有些壓抑，但仍帶有一絲絲哀怨和如泣如訴的味道。這是我第一次看到她沒有一味逃避和遲疑，而表現出一副大將之風，甚至有點桀驁不馴，只是自始至終都帶著一絲絲的緊張，以維持高亢而昂揚的精神，而優美卻略帶些不自然的姿勢及動作，則讓她看起來是那麼地質樸和單純。她就站在艾嘉身旁，微微調過頭去，而手則握住鋼琴的邊緣，繼續吐出美妙的歌聲。

當我不能唱的時候，
我又睡著了。
春天與我又何干！？
還是讓我醉去吧！

一時之間「讓我醉去」這個字眼似乎單獨地自這支歌曲中抽離出來，然後飄盪在整個屋子內徘徊不去，就好像在它飄逝前提供了一個足夠大的空間，讓我們在裡面歇息倘佯著。

哈達瑪的歌聲並不會「聲震屋瓦」，但卻有種強烈而撼動人心的力量，似乎難以抑制奪眶而出的淚水。如果史蒂芬發現了她的歌聲有缺陷，也絕非指鮮明而優美的音色本身，而純粹只是由於他無法容忍它的感情力量，並因此有意摧毀她在這方面的信心所致。

至於我則有可能為了這原因而宰了那小子。

一曲終了時她仍靜靜地站著，然後緩緩而沈重地低下頭去，讓臉頰垂在自己胸前。不過意猶未盡的她，仍然在沒有伴奏的情況下，重複清唱那首歌的最後二段，就好像她發現這樣做可以「獨立而超然」地讓歌詞透過自己渲洩出來一樣。

哈達瑪就這樣讓自己的形貌為之一變，在泛紅的面頰下，她整個人讓人眼睛為之一亮，就彷彿她所散發出的光芒照亮了自己一樣。這就是哈達瑪這個人：平易近人，很容易認識與瞭解，什麼都攤在你面前，而且可以掌握，也並非不易捉摸。不過，即使再怎麼接近她，也只會看到相同的一個哈達瑪，即使再多了解她一些，也不會發掘出另外一些不為人知的一面。這就是在我求愛過程中所發現到的，而她那顆外表冷酷與獲得解脫的心，也會不時流露出絲絲暖意。

當愛具體化時，每一樁愛情都會出現這種純情的一刻。我想把我自己、我整個人生，以及我全部的能量都奉獻到愛情上，這樣就可以把哈達瑪從他手中給拯救出來，這不僅是為了我自己，也是為了她。我就是為了這樁事而來的？我所一再嚐試的就是這樁事？對我而言，愛她所代表的就是這個意義？

托斯卡尼尼（Toscanini）是個少有激情演出的人，大家很難看到他狂熱的一面，不過當代聲音最甜美的蘿莎•彭絲莉（Rosa Ponselle）在一場表演結束後回來向他致賀時，托斯卡尼尼卻在她面前跪地不起。一個男人之所以會這麼做，是因為他無懼於這個動作會貶低自己身份嗎？

我還記得魯西馬神父（Father Zosina）是怎樣地跪在迪米崔•卡拉馬助夫（Dinitri Karamazov）面前，承認他的痛苦和災難。還有史特拉溫斯基（Stravinsky）在結束多年的放逐歲月回到俄國時，是如何地弓著身子在地上行禮如儀，他們的精神權威和所表現的力量，都透過這一動作完全宣示出來。

在哈達瑪唱完後我似乎有些遲疑地站在椅子前，但她卻直接朝著我走來，一語不發地站在我面前，抬起下巴，並一把抓住我的手，神情在狂野中又帶有些興奮。我可以嗎？可以在她面前雙膝一跪嗎？這時，她用一種旁若無人並充滿挑釁的目光瞅著我，就好像正準備叫我這麼做一般。當然這麼露骨的表白是會帶來很大的風險，而且有點膽大包天，甚至等於把自己的底牌都給掀在對方面前。不過連她都可以如此，我還不能曲膝跪在她面前慶賀此事嗎？

忽然我聽見艾蒂絲在輕柔地呼喚著我和哈達瑪，或許這代表「批准」，也或許代表警告，甚至是嚴厲的「最後通牒」，彷彿我們倆都有點「瘋過了頭」似的。

不過艾嘉卻鼓勵似的對我說：「我們倆都該跪下來感激這一切。」說完他就緩緩移動著身軀，姿勢有點僵硬，而淺笑中也略帶自責，就好像他正想起了些永遠都不該忘掉的事一樣。

我猜想這就是他們家族嬉笑怒罵的一種方式，他們總讓我感覺到，我們似乎在著手進行些古老且曾事先排演過的傳統儀式，只是它們是在無意識的狀態下自然出現的，同時也是靠著「即興之作」以及「共謀」的敏銳知覺才得以完成。

哈達瑪展現了高度的幽默感，對著我說道：「那麼閣下怎麼說？」

我雙膝一軟跪在她面前，承認她的確有天賦，只是一度為了史蒂芬而棄這種稟賦於不顧？我要俯首目睹她究竟有多少成就嗎？她是在等待我冒著和她同樣多的風險，以把自己完完全全地交付到她手上嗎？

我已越過了這條界線，而且陷入太深，永遠都回不了頭。他們正在玩過去所玩的那些，而我也到達了過往歷史所駕馭著我而來的邊緣地帶。

所以我終於這麼做了——沒錯，就像那樣，我明確而清楚地跨出了女性自我中的那一面，進入一個令人吃驚的「重組」過程。我已下定決心要讓自己活得像個男孩，而這就是在艾蒂絲的音樂屋中所發生的事情經過：在一九七八年夏末一個冷颼颼的夜裡，我雙膝跪在她面前。

第三部

第十八章　登堂入室

我的男孩生涯就這麼展開了。

這種戲劇化的改變也讓我開始嚴肅、開始思考，自我的本質究竟是什麼，但是這些瞑思的形式卻不同了，不再像從前一樣過著「穴居生活」，晚上也不再輾轉難眠而竟夜徘徊於屋內。如今我睡得既穩且沈，還不時傳來打鼾聲，而且黎明即起，起床後立刻足蹬登山靴到附近爬山。聽說在那兒可以碰到獅子，這種動物會窺伺來到溪流邊飲水的小鹿，以趁機覓食，所以停車場附近就立了個告示牌，把碰到獅子後的處置原則交待得一清二楚，像是千萬不可調過頭去沒命地狂奔等，通常這些獅子會直接走向人們，因此你應該盡可能地揮動雙臂並製造聲響。

在停車場邊還立著一幅合成圖畫，畫著一個男人強暴了好幾個獨自上來的女登山客。因此，女性登山客如今只好三三兩兩結伴同行，甚至連大白天都不敢一個人上來。就我來說，寧可碰到獅子也不願和那男人打照面，不過當我想往山裡面跑跑的時候，不管是誰都攔不住我的。

到了山上後我會先跑跑步，隨處走走，然後爬上一株矮樹看日出，但總是思緒如潮而無暇欣賞美景。我常常在想，我們人類可以自由選擇自己的生活形態，只要能回過頭來，在身份的烙印落在我們頭上之前找到我們幽暗的起源處就好了。在我長年的「穴居生涯」中，想必經常徘徊於這種原始的情境中進退兩難，就好像陷入了由自所形成的沼澤裡一樣。不過現在我就可以清楚地了解到，在那種地方實在是太容易迷失了，這也是為什麼我女兒會意識到這種危險性，因而在放學回家後就痛苦萬分地拉著我逃離那種自我，而這也是馬克斯會這麼專心和注意力集中的原因，想必他了解自己是「回頭路上的指標」。

如今對我再明顯不過的就是，自我是可以重新安排的，就像是萬花筒裡的馬賽克一樣。我可以讓自己歷盡千辛萬苦，而成為世上的任何東西，成為男孩只是個起步而已，我還需要一個男孩魯莽以及「雖千萬人吾往矣」的精神，這樣才能和過去一刀兩斷。像是深恐無法滿足其他人需求，或是愧對馬克斯的心理所造成的那種自責和痛苦，都該一股腦的拋開。我必須狠下心來，做個無情無義的人，另外也需要一顆堅定不移的心，確信走自己的路是完全正當的，不該被指指點點，同時我還需要一種永無休止的衝勁，好讓自己無牽無掛，而不讓任何一樣東西在心裡駐留。當然，我還需要男孩子那種擠破頭也要到未來闖闖的力量，不會因任何顧慮而退縮。

男孩子做什麼事都不會持續太久，是「說到風就是雨」以及「見異思遷」型的人物，什麼事都來得急，去得快，面對他要征服的世界可謂耐性全無。至於女性就我所知，則對於她們的未來抱著逆來順受的態度，對於自己的侷限處相當明白，而且十分緬懷過去較自由的生活。一個女人會跪下來，謙卑的向「權貴」靠攏，這就是女人曲膝的原因所在。可是為什麼我在變成男孩子後，所選的第一個動作也是這樣？這又代表什麼意思呢？

或許我在哈達瑪這個迷失且絕望的女人身上發現，她是需要拯救的，所以我能把持住自己，不讓自己變成這種女人。如果是這樣的話，那麼行禮如儀的姿勢中就隱藏著一股歡愉——慶幸自己能逃脫出而不致陷入她那種表面令人崇拜，但背地裡卻受盡蔑視的處境中。或者是男性傲氣中那種根深蒂固的特質，只有透過兩手一攤或聳聳肩這種表示「隨便你」或「你看著辦吧！」的姿勢才能展現？

當然這其中仍有嚴肅的一面，值得我們做嚴肅考慮。由於有了這些考慮，我發現自己在趁著哈達瑪忙成一團時，會一個人跑到街上的咖啡屋，仔細端詳並研究過往的女孩和年輕女性。讓我印象深刻的是，整個的場景以及我所端詳的每一樣事物，包括大學生和滿街跑的人如手工藝人、徒步旅行的、販毒的、迷失的狗狗，以及街頭藝人等，都能讓我感到愉悅。

這就是我這麼多年來所一直逃避和遠離的世界？而讓我身為女人的那個世界也像狩獵季節結束時的一頭小鹿一樣，會悄悄地飄然遠逝？如今我已把它視為是我的世界而毫不羞慚，那也是等待著我去征服和提出主張的世界，更是一個等待著我去消費的「大型嘉年華會」。或許是因為我初為男孩，仍記得自己從前的羞怯模樣，以致於此種純真和自大讓我大為驚訝。這似乎和我過去所一直相信的世界並不相同，而且我已經在沒有男人的保護下踽踽獨行了一段路，難道這個世界會讓我害怕？會讓我擔心不已？為什麼我過去一直確信自己無法存活於這個世界，而如今它卻充滿誘惑地回首凝視著我，等待著我飛身投入其懷抱並提出「所有權」的主張？

為了能對它們深思熟慮一番，於是我來到了間咖啡屋，坐在戶外的一張椅子上，兩腿大剌剌地伸出，並把手放在腦袋後自得其樂地觀察著周遭的場景。結果我很驚訝地發現，有許多女人在注意到我盯著她們看後也頻頻回首望著我，好像我下流而沒有教養的好奇心已引起她們的注意。

在附近閒逛的女孩和女人們已和過去我所看到的那些有所不同，她們似乎整個人都被祕密所填滿了，並耳語著一些旁人不知道的事。如今認知到她們是其他人而不是我，則是件奇怪且如夢似真的事，而原本和我對立且互不相容的她們，如今也傾心於我。我對她們的想法其實和她們有重大關係，另一方面，引起她們興趣的地方也是自己從未想像到的，如果成為一個男孩後就會像這樣的話，為什麼我還要等這麼久，為什麼我不快點變成男孩？

只見我跳起身來，把煙屁股彈到大街上，然後走在一個手裡抱著一堆書的大學女生後面。當我表示要幫她拿那些書時，她似乎一點驚訝也沒有，就把一些看來頗具份量的書交到我手上，然後和我一同漫步於電報大道上。我們談得頗為愉快，直到我開始想到這樣會不會對哈達瑪「不忠」時，才悵然將手上的書放到旁邊的階梯上，然後飛奔回去喝完我的咖啡。

這是傲慢自大嗎？我之所以討人歡心，就是因為我視自己身為這種人為理所當然的嗎？其實這和外表的相貌無關，如果我穿起緊身褲和水兵服的話，那外貌還頗說得過去，我曾有個捲髮器，當年我就用它把自己的一頭短髮捲曲在耳朵上，並垂到頸部。過去大家一直告訴我，我笑起來很甜美，十分上相，所以如今我就擺出張笑臉。而由於我喜歡調皮搗蛋，總覺得自己是個男孩子，有種難以抗拒的魅力，所以目光中想必有副放蕩不羈的神色。

如果不是為了哈達瑪以及渴望著午夜時分衝出屋外跑遍所有的鄰居家，或許我會轉變為一個冷靜沈著又冷漠無情的傢伙，滿是自負。這樣一來我就可以路過哈達瑪家，並且衝進去找她嗎？算了吧！

在我十七歲那年和家人一起窩在歐洲時，我有個表哥幾乎每天晚上都從他二樓房間的窗戶鑽出去，然後越過屋頂爬到另一側，最後從我房間的窗戶滾進來，和我同床共枕。有時候他渾身濕淋淋地就闖了進來，所以還得把他給包在毯子裡，然後才能止住他不斷瑟縮的身子並享受魚水之歡。不過即使是半夜三更，我們仍十分謹慎行事，以免讓他爸媽知道，所以「辦完事」後他會再爬上屋頂，越過陡峭的山形牆，然後一聲不響地溜回到自己的床上。

如今我也開始夢到梯子，看來梯子似乎是男孩身份的必要物品。它可以引領我們到高處去，進入「處女」的房間、會見已有婚約的待嫁新娘、遭到隔離的公主，或是被護衛們鎖起來的少女。有時候梯子可以讓我們越過危難和重重關卡，堂而皇之追求到禁忌的愛。既然如此，為什麼不這麼做呢？我確定自己能夠爬過哈達瑪家的花園籬笆，再從儲藏室攀上梯子，然後登堂入室私會哈達瑪。這種行徑無法無天，可惡至極嗎？抑或只是個新鮮且從未嚐試過的玩意兒而已？這種疑惑或許就是女人通常無法下定決心成為男孩的原因之一。

十二月份有兩個滿月，在第二個滿月出現時，我嚐到了孤枕難眠的滋味，而爬梯子幽會的念頭也始終在我腦海揮之不去。我要她，想出去會會她。

自從我擺脫掉所有的弱點、神秘，以及柔軟身段後，這些慾念即附在我身上揮之不去，相形之下，過去被它們緊緊糾纏的哈達瑪反而比我容易「豁免」。這是顆獨特的「色慾結石」，我愈把自己給變成男孩，就愈瞧不起女人和自己的欲求，哈達瑪如今已不再是我巴不得想變成的女性，因此只希望能趴在她窗子下。由於我是男孩，所以闖進她閨房、鑽進她被窩，讓她全裸地玉體橫陳在我面前等，本來就是我理所當然的權力，她不能抗議，而因為我已非昔日的自己，所以她也一再誘惑我這麼做。我會伸出「祿山之爪」，一把攫住哈達瑪，享受著秀色可餐的她，一刻也不停的愛撫著她，然後開始「做愛做的事」。找到「入口」登堂入室已成了我的目標，在我提出要求後，她一定會退讓，用圓潤平滑的雙臂一聲不響地纏繞著我，頭微微後仰，眸子半閉，並弓著身子倒向我。如果我跪在她兩腿之間，也絕非由於我要跪著目視她和崇拜她所致，而是個嚴肅的「討債」行動。

我就這樣從籬笆上一躍而下，蹲伏在榆樹之後，然後快步跑到儲藏室，把門稍稍打開，再把梯子拉到草地上，但就在那時我突然開始笑出聲音來。因為，我才初為男孩不久，沒做什麼練習，技巧自然生澀。不過，哈達瑪卻瞧見了我，立刻跑了下來，然後就在花園裡吻著我的雙頰，悄悄告訴我趕快跟著她回家，並往床上奔去。

我開始在想，男孩子做起這種事來一定是得心應手，漂亮極了，不管他們做什麼，只要像男孩般的行事，就不會出多大差池。「趕快走嘛！」她邊說邊把我朝大門那兒推去，接著我也突然間猛然騷動起來，難道她不知道我已變成了男孩？難道她不知道這一切是很嚴肅的嗎？

第十九章　僵持與對峙

一個禮拜五的晚上，馬克斯和我又從哈達瑪那兒步行回家。哈達瑪陪著我們走了一段路，不過她始終一語不發，也在馬克斯的另一側盡量和我保持距離。雖然有好幾次和我隔得很近，我也知道如果伸出手去，她的纖纖小手是絕對逃不過我手掌心的，但那晚哈達瑪卻心志已決地不再瞧我一眼，用餐時，她也小題大做，不斷指責那些小女孩坐沒坐相，動輒從椅子上跳上跳下的，吵得大人無法安靜。看來她正在猶豫不決，並重新思考我們倆是否還應該攜手同行。這讓我有些自暴自棄，接著又有點憤怒，甚至在她轉過身一個人走回家時，我連再見都沒說。

一隻美麗的拉布拉多犬這時從一棟大房子裡衝出，在步下階梯跑到大街上後就直接迎向我們。只見牠一路尾隨著馬克斯，而他也停下來搔著牠的腦袋，一副體貼入微的樣子。馬克斯曾從朋友那兒借來輛汽車，經常只帶著一個睡袋和帳篷就隻身開車外出，度過漫長的週末假期，但那晚我們才突然發現，過去那些年來我倆一起共度的時光對彼此來說都是那麼地美好。在我們不再需要擁有彼此之前，兩人都了解那種刻骨銘心的感覺。

「還記得那次我們去河口的三角洲露營，妳被蚊子叮得滿頭包嗎？」他以充滿了懷舊的口吻問道，同時順勢攬住了我的臂。

「你又要動身去度週末了嗎？」

「妳最近似乎又顯得緊張兮兮的，是為了哈達瑪嗎？妳大概很希望一個人去她家吧！」

「你覺得她怎樣？值得為了她而去通過一切考驗或捨棄一切嗎？」

「艾蒂絲覺得她很需要妳，巴望著妳能帶領她重拾昔日時光，把多年前她所放棄的東西給找回來，但是，妳又能得到什麼？」

「艾蒂絲把哈達瑪的事都告訴你啦？」

「她都在談她自己，我不知道自己有沒有在偶然中聽到這些話，也不知道自己是否有意這麼做？」

「你的確想要打聽到這些，艾蒂絲一直想要把你給叫起來，然後和我打場架。」

我們走過自己的屋子，走過那座玫瑰園，直奔玫瑰步道，然後在張石椅邊停了下來，並面對面地站在左右兩側，而旁邊則栽種著兩叢頗高的玫瑰。只見我沿著那張石椅從一叢玫瑰踱著方步走到另一叢，然後陡地轉身再走回去，就像是我正在當衛兵值班放哨一樣，至於馬克斯則始終保持著相同的步伐跟著我一起走。看來他很擔心我，不知道是否該讓我知道那些事。

「在妳第一次從以色列回來時，」他試探性地說道，「還有在我第一次同時握住我的手，把我拉離那張石椅，到蘇格蘭找妳的時候，妳總是說妳和席娜只是普通朋友，而且只要繼續維持這種關係就好了。」

看來是為了我的緣故，以及想死纏住我不放，所以他才逼迫自己道出心情故事。雖然他已準備好放我高飛，但那些話還是忍不住脫口而出：「從那時起妳就沒提過席娜，甚至連一個字也沒說。不過如果妳想在哈達瑪的身上找到席娜，那就會同時失去了哈達瑪。依我看妳最好是找個人談談席娜的事，回想一下過去的時光。其實妳可以對我說，什麼事都可以告訴我，我絕不怕聽到什麼。」

我們從另一排可以通往那座梯形花園的階梯，一路來到一處寬敞的碎石地。零零落落散在兩側的房舍一片黑暗，只有遠處巷子裡有棟房子的一樓開了盞燈。只見馬克斯雙手緊緊地扭在一起，彷佛已知道等一下不管我說了什麼，對我而言都絕對不是好事，只會帶給我自己滿腔遺恨。

「我和哈達瑪的友誼當然不能和席娜的相比，」我已失去了耐性，過去從來沒想到過席娜，也有意要忘了她，除了和她的一段情是個事實外，其他的已沒有任何意義，何況也無法抓住席娜的心情故事。

他似乎一下子高興了起來，就好像把這個回答當成了我絕對不會愛上哈達瑪的保證一般，可是，他卻弄擰了我的意思。我說哈達瑪並不能和席娜相比，是因為哈達瑪並不是在以色列的集體農場裡長大的，而且不會懼怕外面的花花世界，即使面臨最後一刻也不會失去其膽識。換句話說，她之所以不能和席娜相提並論，就是因為我和她在一起會有未來。

接著他就像過去那樣把我給緊緊摟在自己結實的雙臂中，由於我坐的階梯較低，所以他可以把下巴放在我頭上。我想起來了，這感覺就像是讓我從自己身上溜走，然後倚靠著他，讓自己所擁有的力量和所有欲念穿過我們之間，然後再從他那兒回到我身上一樣。而在此時我也拾起所有柔順的心，和任人擺佈的心理，然後一股腦地退還給他。可惜天不從人願，在暗地裡我仍緊抓住那些心理不放，就彷彿它們是屬於我自己的一樣。

我站起身來，然後毫不抗拒地與他並肩而坐。

「這和妳的人格特質有關。」他遣詞用字十分謹慎。但我們之間其實不必如此，我們是分隔許久後又再度碰面的同居密友，也可以說是過去曾一度十分親密的兄弟或隊友。

「大概妳不會喜歡我接下去所要說的，」他語氣似乎輕鬆坦然多了，或許他現在也感覺到我們只是好夥伴，正在談論著其中一人與女人的熱戀。「妳轉變了自己所愛的人，妳的人格特質就是這樣，會施加壓力給她們、改變她們，而且實際上也真的改變了她們。所以妳永遠不會和她們互相對抗，而只是和她們所變成的人互相對立。這是讓人得意洋洋的事，妳所製造的實際上是另一個更好的自已，但這卻使其他人感到不安，唯恐她們隨時會『向下沈淪』，陷入更平凡、更陳腐的自我，並對妳感到失望。」

「但你已經安然度過了這一切，並找到了活出自己的方式。現在你又這麼說，是不是指能夠達到這種境界的人並不多？」

「這的確不簡單！」

「不！」我立刻掙脫了他，然後立定了身子，「對你或對我來說都不是這樣的。」

這句話似乎讓他吃了一驚，而他這種驚訝的表情也惹惱了我。他對自己的這番臆測好像表現出一副怡然自得的模樣，不過，我卻為了應付這困境而苦了好幾年。

「我知道生活對妳來說並不是件簡單的事，」他好像有些退讓，「我也是被這些事困頓不堪。」

「其他人都不能處理好它嗎？你要說的就是這個？」

我已下定決心不要哭，也不要提高自己的音量。

這時離我們最近的那棟房子二樓亮起了燈，於是馬克斯起身拉我起來，並一同沿著走道往裡面走去，越過一株株被保護在鐵絲網裡的玫瑰。

我盡量降低自己的音量，「所以我最好跟你在一起，因為除了你以外，再也沒有人能忍受我，對不對？」

「我是這樣說的嗎？」

「大致上就是這個意思，只是你把它偽裝得很好。」

「我已經看出來妳和哈達瑪之間到底出了什麼問題。」

「這連我都不知道！你怎麼能看得出來？」

「哈達瑪很怕妳，而席娜和我雖然從沒見過面，但我相信她對妳也是畏懼有加。」

「但你並不怕我嘛！」

他緊張萬分地望了望周遭，彷彿知道這就是我們所面對的局面，而我的音量也顯然提高不少。「我再也不怕了，一點也不怕！」他說道。

「這似乎像是英雄般的自我征服嘛！」我勉強把自己的音量降低到不致引人注目的程度，「由於你是全世界唯一能忍受得了我的人，所以我想最好還是緊緊黏住你不放對嗎？」

「如果妳為了哈達瑪而離開我，就會留下我一個人孤獨以終。」

「你確信是這樣的嗎？你會比我還要了解哈達瑪嗎？你知道她真正喜歡的是什麼，知道她能夠做哪些決定嗎？你一味逃避我，又怎麼能了解這些呢？」

「女人都希望哈達瑪，……」

「我們能把她給這樣歸類嗎？」

「女人都希望哈達瑪先選擇安全，然後再談其他的事。」

我立刻快步離開他，走上步道，然後沿著那條巷弄最後幾間屋子間的階梯直奔霍桑台地。後來看見他亦步亦趨地跟在我後面，遂猛然轉過身去面對他，「或許哈達瑪覺得跟著我會比較安全些，她以前就這麼認為，這點我比她還要了解。」

「就像席娜一樣？」

我的雙臂這時攫住了他，我們緊緊站在一起，對我而言，那種感覺就像是站在椅子上往下瞧著他一樣。「你了解席娜哪點？除了我告訴你的那些以外，其實你對她是一無所知，換句話說，你只是透過我才認知到她這個人的，但是你這個自鳴得意的傢伙現在卻站在這兒大放厥詞，自以為了解像哈達瑪這樣的人，自以為了解席娜，了解她們的一切，而你真正了解的也只是我而已。看來你唯一欠缺的就是對自己的認識，你知不知道自己為什麼會這麼好心而體貼地提供我這些偉大的觀察心得？」

「我還記得去蘇格蘭找妳時的情景和心情。」

「我也記得你，在我絕望又自暴自棄時，你卻一片神采飛揚，志得意滿的樣子。看來你是扮演著救世主的角色，而且還樂此不疲呢！」

他把我給推開，然後大踏步地走回巷子裡，越過那幾叢玫瑰，越過周遭黑漆漆的房子，以及那棟樓上亮著燈的房子。可是，我並沒跟上去。

「我過去所犯的唯一錯誤，」我扯開嗓門大聲說道：「就是在我應該不計任何代價的遠走高飛，並且透過自己了解這一切的時候，反而把你給叫回來。過去我就該離開你，這一次也該這麼做的。」

他幾乎已經走到大街上了，但又因為我的這句話而停下腳步，接著又聽到他說：「依目前我的了解，妳現在已經身無分文，而且也沒有謀生的能力。」

「你真的這麼說？好！我會記住你說的！」

我們又一次面對面地對恃著、只是我連一步都沒走上前，「你說我不能靠自己的力量完成什麼事，沒有一個人能忍受得了我，連自行謀生的力量也沒有，會把所有愛我的人嚇跑，當然……當然我遲早都會崩潰的。」

「那是妳憂慮不安的地方，不是我的！」他雖然盡量把自己的聲音壓低，但可以聽得出仍在發抖。

「很好，難道不會說幾句可以讓我不再憂心的話嗎？你只是以冷靜及充滿哲學的觀點，觀察這些事的本質嗎？我當然會覺得你話中有話，會帶給我干擾，而且含意不明。如果是這樣的話，還不知道會把我給折騰到什麼地步呢？」

「會讓妳憤怒、不愉快，幾乎和過去我所見到的妳一樣。」

「當然你就會等在那兒安慰我，可是，你卻永遠無法了解自己所扮演的角色，正是把我給逼到這步田地的『推手』。」

我還記得伏在他懷裡尋求慰藉的感覺是什麼，而他一定認為此次我也遲早會這麼做的，就好像過去每一次碰到這種情形時，我總是會停止扮演他的「夥伴」，恢復女兒身，依偎在他身旁，而他也總是會適時地撫慰我。

但目前我面臨的是哪種處境呢？他很擔心我，想處處保護我，同時又感到極度的懊惱，而我則被他激怒了，火氣陡升，當然也很沮喪——這一切都是習慣使然。我們過去就曾談過這些，如今又舊事重提，我們所引頸翹盼的解脫之道，就是讓這些事一而再、再而三的重覆出現，這樣才能把我們給搖醒，讓我們安下心來並帶領自己繼續前行，就好像這種對話在過去已出現了許多許多次，使得我們已不再相信它一樣。

在一片默然中他笑開了，我也以笑回報。最後我倆也都兩手一攤，並聳了聳肩。

「我想情形大概就是這樣吧！」他說道。

「我想也是如此！」我回答道。由於我們在當前的兩人關係上已無計可施，所以又回復了原先的夥伴關係。自從那天晚上聽到哈達瑪的「清唱」，我就經常來到那條大河邊，從河的這岸一路歌唱到對岸。現在我又偕同馬克斯來到這兒，並肩地站在同一個岸邊，以前，我們可從來沒有這樣過。在河岸的那一頭就是哈達瑪那兒，我會窮畢生之力嘗試著過河，回到她那兒，當然以前我就曾在那兒陪伴過她，只是當時我們都把這當成了「純友誼」。

一陣微風這時突然沿著罩著鐵絲網的玫瑰叢邊飄盪了過來，吹散了稍嫌悶熱的空氣。當它吹過了之後，周遭氣氛顯得一片凝重，最後我倆遂相偕走了出去。

「真不明白妳怎麼忍受得了那件水兵服？」從好幾年前他就知道我怕熱，所以忍不住嘀咕道。

不管白天還是晚上，也無論是什麼時候，他幾乎都稱得上是個善解人意、心地好而且柔情似水的新好男人，但是，他也像其他任何人一樣有深沈陰暗的一面，由於很難讓人相信有它們的存在，所以這些深沈陰暗處在他身上或許會更加地危險。在這之前每當我們意見相左時，不管我說話有多大聲，最後總會認為他是對的，也不管我們之間的攻防有多麼激烈，我總是會挺身為自己辯護。

他和我又坐在玫瑰步道上面幾層的台階上，過去我們就經常這樣坐著談話，可惜此情此景以後就再也難看到了。只見我們都把手肘擱在膝蓋上，默想著自己所一直未曾做出的選擇。熱氣並沒因為在樹蔭下而稍有舒緩，就這樣我們兩人陷入了場奇怪的競賽中，不過不是為了哈達瑪，而是為了我的雌雄莫辨而互相僵持著。我是不會脫下我的水手服的，那是哈達瑪送給我的「定情物」，是有約束力的，其價值超過所有合理的計算值。

第二十章　永無休止的矛盾

那天一大早我們就從外面散步回來，然後我用一個小蒸汽爐煮咖啡，而她則在樓上沐浴。不久我就沖了兩杯咖啡，端到那個有法式門窗的房間，並坐在那兒等她。這時間終於來了，自從早上她打電話來的時候，我就知道這一天我們會面臨到挑戰，是恩斷義絕還是有解決方案就要看今天了。此時我腦袋一片空白，不知道會發生什麼結果，也不知道自己要說些什麼，更不明白她會對我說些什麼。

只見屋子充滿了緊張，一副山雨欲來的氣氛，燈光從蝕刻版畫的玻璃表面直射出來。等一下哈達瑪進來後便會把門給帶上，把我們倆給隔絕在周遭的世界之外。不過，這個時候卻出現了不速之客，只見那兩個跟屁蟲般的小女孩追著她們的狗跑了進來，然後又經過法式大門衝了出去，差點把細緻而易脆的玻璃燈飾給震裂了。接著，一個年紀稍長的男人又探著頭進來窺視一番，起初還禮貌地笑了笑，後來表情略感失望，似乎是發現了哈達瑪並沒有在這個房間，最後又悄然退回。我可以清楚聽見這批「貴客」在樓上到處亂跑的雜沓聲以及喧囂聲，但是，我卻不知道到底是誰這麼放肆，如入無人之境，也不知道他們已經來了多久，或是打算來這兒幹啥。

今天在這房間裡所發生的事，或許會改變這整個屋子的作息常規，而且只要一把門給關起，就會自成一個私密的小小天地，把其他的一切給徹底隔絕在外。不久，哈達瑪終於進來了，她穿了件淡藍色的和服，頭髮還是濕的，光著雙腳拿了只電話進來，後面還拖了條長長的電話線。那副嬌弱無力的樣子讓我倍感驕傲的察覺到，自己原來是個火辣辣的「酷哥」，運動衣中所包裹的軀體仍十分精瘦、強健，沒有微禿的小腹，甚至連「縐褶」都沒有，一雙結實有力的臂膀正準備砍倒整個叢林，以便緊緊握住那個我所渴望的女人。這個時候，哈達瑪講完了電話，便把電話放在我們旁邊的地板上，「我帶了些東西來給妳看看。」她故意雲淡風輕地說道，不難想見她接下去要說的都是嚴肅的話題。「把門給關上好嗎？」她邊說邊把些畫給攤在地板上。接下去的對我來說似乎意義頗為重大，以前一出現這種情形時，她總是會親自把門給帶上。

「瞧瞧這個！」當我跪在她身後時，她邊說邊從肩膀上遞了杯咖啡給我，然後拿起自己的那杯，並若有所思的啜飲著，「妳認得出他嗎？」

那是幅鋼筆畫，線條大膽而高雅，似乎是大師級的作品，細膩動人的筆觸也把畫中老者的神韻給完整表達出來，而呈現一種苦樂參半的幽默感。只瞧他噘著雙唇，半閉的眸子下有副嚴肅而陰沈的表情。

「當然能認出，就是艾嘉嘛！」我倚在哈達瑪的肩頭上說道：「不過妳看他表情好奇怪喲，似乎讓人瞥見了他所出身的整個世界，我們對這個上了年紀的老頭都清楚得很，那可愛的臉龐對我們來說是再熟悉也不過了，但同時也可以從他身上看出，他所處的那個時代是紛紛擾擾的，妳可以從這幅畫裡瞧出端倪嗎？這話妳是不是同意？」

「我看不見得每個人都會這麼認為，當然，妳這些話對這名畫家來說倒是頗為受用。」此時我的臂膀也順勢圈住她，這是我倆並肩而坐時的慣常動作，而她頭也沒轉過來就交給我另一幅畫。那是粉蠟筆所畫的，有些褪色，我就這樣在她面前手持著這幅畫，同時身體前傾以瞧個仔細。

「這是艾蒂絲姑姑嗎？她這麼年輕啊？可以確定的是這兩幅畫絕非同一個人畫的，風格完全不同，不知道是不是帶有些輕柔和多愁善感的味道，同時畫得也好像比本人更美。」

「妳沒注意到啊？」

「並沒很注意。不過這幅畫一定很棒，經過這麼多年後仍然可以看出來，只是畫這幅畫的人一直很渴望去除掉她銳利靈敏又古靈精怪的那一面。我認為她在年輕時一定具有這種傾向，而且作畫的人一定覺得自己的職責就是掩藏住它們，而不是將這種神韻盡情渲洩出來。」

「妳很愛艾蒂絲姑姑吧？妳相信她的話嗎？她勸妳的都做到了嗎？」她邊說邊把這兩幅放到地板上，蓋住了第三幅畫，以致於我只能瞥見它一眼。

「她的話我會聽進去嗎？或許會吧，這得視什麼話而定。如果那些都是我想做的，就肯定會聽進去的。」

「艾蒂絲姑姑覺得妳已經愛上了我，她也勸我接受妳的愛。」

「艾蒂絲姑姑勸妳愛……」

「不！不要！」在我想要起身時她立刻拉住了我，「待在那兒別動，我還有些東西要給妳看。」說完便伸向第三幅畫，然後小心翼翼地從上面兩幅畫中移開。

「如果艾蒂絲姑姑勸妳勇敢去愛，那豈不表示她知道妳還沒……還沒愛上我？」

「妳也知道艾蒂絲姑姑並不怎麼瞭解我，總認為我太傳統了，以致於無法和女人相愛，即使我已經……已經陷入熱戀，她也不會相信的。」

「我明白啦，」我試著站起來，「妳已經在戀愛了。」

「不！別動！」她說道：「坐下，妳知道妳的聲音會深深震撼著我嗎？待在那兒別動！這些話真是難以啟齒，如果讓我直直地看著妳，我會控制不了自己的。」

我站了起來，我得站起來，這樣才能比她高，把她給比下去。

「妳真的很喜歡艾嘉的那幅畫？真的認為它畫得要比

粉蠟筆的那幅好？可是妳要知道，粉蠟筆那幅是比利時的名畫家所畫的，他和我們有是世交。而艾嘉的那幅……妳知道是出自於何人之手？猜猜看？妳不是只想吹我捧我嗎？那正是我畫的耶……」

大門這時一陣搖晃，然後砰然朝著花園應聲而開，大清早的那陣涼意立刻穿透了整間屋子，冷得我打了陣哆嗦，也不由得暗罵自己一聲。

「在婚前我就把這些拿給史蒂芬看了，」從聲音中不難聽出，只要一提起史蒂芬她就有滿腔的屈辱，直讓人透不過氣來，「當時他不發一語地就把它們給擱在一邊，真搞不懂他究竟是喜歡還是厭惡這些畫。似乎他對這些完全是漠不關心，沒錯！雖然他知道那幅是我畫的，也是一副不以為意的樣子。」

「哈達瑪，」我蹲伏下來，雙臂緊緊環住她，「聽好，只要妳能讓我……」

「妳還不明白嗎？」她順勢往後一仰，讓背緊靠著我，「這就是真正的問題所在，如果我改變了自己的整個人生，把內心的一切都給抖出來，那最後還會做我自己？還是照妳的希望變成妳想要的人？」

「我並不是來和妳做買賣，或是達成什麼協定，只是依自己的行事方式愛妳，對於在妳身上所看到的一切我都明白得很，我要怎麼做才能對這有所幫助？以我而言，妳就是……」

原本背靠著我的哈達瑪聞言立刻站了起來，往前走了幾步，然後就在房間的中央停了下來，「別說啦！我不希望妳再把什麼稱號給冠到我頭上，什麼都別說，也不要再做任何解釋了。」

「史蒂芬覺得妳如何？會重視妳嗎？」

「我覺得他沒有像過去那麼看重我，更何況我現在已經開始認真思索起自己，同時認識了妳，所以更覺得他不會像以前那樣重視我了。不過，現在我對這些已經不怎麼在意啦。」

看來我已獲得足夠的「威信」，讓她更重視自己，同時我也改變了她對於自己的那些看法。那是不是因此她可以為了還就我而喪失她自己，就像過去在史蒂芬身上失去了那些東西一樣？

她需要我的「灌溉」才能得到和他一樣的霸氣，才能得到和他相同的傲氣以愛己利己，同時得到可以挑戰他權威，讓他權威盡廢的權限。我是不是已經成功地完成此一目標，不過在順利取代他地位的同時，也陷入了可能侵吞她、竊據她的相同危險中？她這番話雖然只是輕描淡寫地說出，不過卻銳利似劍，這就是哈達瑪的風格，在奮勇往前的同時又會轉回頭，看來只有她自己才能妥為料理這種僵局，或許也只有我才會深陷於其中。

我站了起來，並朝著門口走了幾步。沒錯！我的確不發一語地這麼做了。這就是男孩子精明詭詐的一面，果然引領著她往我這兒走來。我只要這麼做就好，就是這樣。我必須能展現一走了之的決心，這樣才不會永遠的失去她。只見她肩靠著肩站在我身邊，同時一雙小手不聲不響的溜了進來，把我給攔腰一抱，「我知道我對妳做了些什麼，也知道妳歷經了些什麼，但妳知道我是愛妳的。妳自始至終都明白，也看穿了一切的偽裝，看來我永遠都騙不了妳，也永遠不可能誤導妳。這些我已經瞧出來了，妳比其他任何人都要了解我，因此妳也知道妳自己會給我帶來多大的危險？」

「危險？會給妳帶來危險？」

「妳是最明白不過了，妳能否認這點嗎？在我能夠喊出自己名字之前，妳就已經喊出了，老實告訴我，妳能否認它嗎？」

「我能，沒錯，我能否認，但這整件事卻讓我暴跳起來，這太荒唐可笑了。難道就因為我愛妳，就因為我看透了妳，並愛上自己所見到的，就會對妳構成危險，並且在我們開始下結論之前就先失去了妳？」

「我要是妳所想像的那樣，如果我只是妳所見到的一小部份，或是跟妳在一起後會變成……」

「妳的口氣怎麼那麼像馬克斯，他曾在妳面前談到我嗎？這是不是一個陰謀？」

「我就是這樣才能夠了解我自己，而且在馬克斯面前也是如此，過去我曾談到妳，而他也只是更加證實我已經知道的事而已。」

「可是妳在他面前談到我了呀！」

「這並不是妳想像的那樣，絕對不是妳想的那樣。這些是我個人的恐懼，是我個人的猶豫不決，也是我個人對自己的懷疑。」

「所以妳不會聽艾蒂絲姑姑的勸囉？畢竟妳太傳統、太守舊了，無法愛上……妳所愛的，是不是？」

「看著我，別走開！我們必須面對彼此，更何況現在什麼都還沒決定。」

「我是無法單憑一己之力就可以通過這一切考驗的，哈達瑪！我快被妳的話給搞迷糊了，忽焉在東，忽焉在西的，有時候是這個意思，但沒一會兒功夫又變成另外一種意思，我已經迷失在這種永無休止的矛盾之中。就拿剛才那句話來說吧，對我來說，那似乎代表妳已經做出了一個決定。」

「我只是想要告訴妳，我現在好害怕。」

「所以呢？」

「我需要時間……」

「時間？世上所有的時間不是盡歸我們所有了嗎？又有誰曾逼迫妳，催促妳來著？」

「我覺得妳必須要了解，妳是為了我才丟下馬克斯的。

但如果我……如果我還沒準備好的話……會怎麼樣呢？」

「馬克斯和我都要向對方說拜拜了，因為，我們已經準備好讓對方走啦！」

「所以我自由了？」她淡淡地說道，幾乎聽不出來她正在暗自盤算著，「我沒對妳做出什麼承諾吧？看來妳沒有什麼好期待的嘛？」

「每一件事都是我所期待的，不過我最希望的，最相信的，以及最心甘情願去冒險的，就是爭取到一個完完整整的妳。其實妳什麼都不必說，甚至也無需知道。」

「我有個感覺，每次辯論妳總是會贏。」

「沒錯，始終都是我贏。」

「所以妳明白了吧！」她得意洋洋且有些淘氣地笑道：

「現在應該明白我為什麼會這麼怕妳了吧？」

第二十一章 慾望追逐

早在我「另覓良人」的謠傳出現之前，馬克斯就已經在附近找到一間房子，它靠近公園不遠，就在山上的街道邊。起初馬克斯只是把一些個人物品放在那兒，當然接下去我們還得決定其他東西的去留，比方說我們現在的房子、使用多年的傢俱、畫家朋友們送給我們的畫作，以及我們所收藏的唱片等。有一天我回到家，想要拿自己的單車，忽然聽到樓上有個男人在飲泣著，聲音透露出幾許畏懼和忿怒。他老兄過去幾乎從未哭過，對自己的遭遇也從來沒有憤憤不平過，於是我只好悄悄地關起房門，並急忙跑去我的書房。我知道如果上樓飛奔到他懷抱的話，那情況一定會十分危險，因為在那兒我們會想起自己所遭到的悲傷和苦惱，而要想結束掉這段不幸，就表示我們應該言歸於好，破鏡重圓，但是我得走了，我還有哈達瑪呢！

一旦你唯一的希望就只是讓對方放你一馬的話，那都會經過幾天這種痛苦的日子，看來每一樁愛情故事都不曾例外。這個時候，其他所許諾過的每件事都會成為未定之天，沒有一件是決定好了的，但彼此對每一件事卻都心知肚明，在事情都有了準備的同時，會特別凸顯出此一問題。在這種情況下，所需要的就只是堅強的信心，以及讓事情逐漸圓熟和花開蒂落的能力。對女人而言，這種信心並不容易獲得，只有靠溫和而良性的傲氣，以及沈著的利己心才能辦到。也唯有這樣，才能相信自己可以心想事成，並值得擁有這些自己所期望的美好事物。不過，這些人格特質過去在我身上都付之闕如。

哈達瑪家族那幢大宅院的門已砰然一聲關上，把我們給孤零零地隔絕在這世界之外。如果我們想睡覺的話，通常都會跑到樓下的音樂室小寐幾小時。這情況就像是一對兄妹或是雙胞胎在各自離家求學一個學期後，如今又一起回到家裡過寒假一樣。

我們會吃著新鮮水果、乾燥水果、堅果以及巧克力，而她則隨與小唱二句，或是翻箱倒櫃地找些想讓我欣賞的書或唱片，再不就是拖著我到那座天井所弄成的花園，裡面隨時會有些需要除草或是收割的植物。到最後她會說服我陪著她練鋼琴，那是座古老的立式鋼琴，小巧精美，上面甚至附著華麗的裝飾用燭台。到了晚上，我就把再三練習過的巴哈曲子從頭到尾的彈完，沒有一點錯誤，也沒有半絲遲疑，而她則燃起蠟燭，關上電燈，然後坐在我身邊。只見她風姿綽約，尤其在輕啟朱唇低吟淺唱，柔美的聲音配合著呼吸緩緩吐出時，更像隻小鳥學會了駕馭氣流而穩穩地站上枝頭一樣，給人氣勢不凡、沈穩和儀態萬千之感。在她沒有唱歌時，我們就會背對著背坐在法式大門邊，或是趁著夜色溜出到天井，這時，我們倆就會共披著一條圍巾，一起回憶著兩人相依相戀的歷史，一起討論每件事所代表的意義，以及最早是在什麼時候開始了解到彼此的想法。

回首前塵，她知道自己很「煞風景」，常常在準備接受我之際又突然改變心意，如今她終於承認這會給我帶來很大的傷害，每當我們談到這兒就相視大笑。也因此她很羨慕我所展現的耐心、慎思明辨的能力，以及對她的絕對信心。

我可以發誓有時候她是「有求於我的」——希望我用有力的臂膀緊緊環住她、緊緊擁抱她、吻她、讓她成為我的，並且佔有她。這個時候，她通常都會側著頭，雙手輕觸我的肩頭，輕鬆而寫意地和我一同走進寂靜的世界中。

有時候她的一些動作舉止似乎顯示她有話要說，可是卻欲言又止的，這些情況我熟悉得很，當初我還身為女人時不也是這樣嗎？我們之間這些優雅而曼妙的動作似乎讓她十分著迷，有時候她會拉著我的手，把身子靠過來，緊緊抵住我，然後把我的手指舉起並放下，她對這些動作似乎樂此不疲，而且也頗感滿足，往往一來就是好幾個小時。此外，她也喜歡用腮幫子緊緊抵住我，感受我的呼吸，同時也會十分好奇地盯著我的手瞧，就好像正在學著了解它們似的。有時候，她也會把我的右手放在她肩上，然後緩緩下滑，先是讓我的手抵住她膝蓋，最後卻輕輕但十分迅速地頂住她豐滿的胸膛，這個時候她會逐漸陷入沈思，就好像要靜靜地吸收這些印象似的。這種充滿色慾的「陰影遊戲」雖然深深吸引著她，啟發了她，並且讓她得到靈感，但對我來說則只有疑惑和挫折而已。然而就在不久之前，終於讓我知道如何在這種遊戲中取得樂趣，只是男孩子早已失去了進入這種歡樂殿堂的關鍵之鑰，而這股熱切感也放緩下來，並且在一再重覆中把它給拖長了。對我來說，只要一坐在她旁邊，那股欲求即立刻湧上心頭，也不可避免地產生股衝動，想要立刻將欲求化為具體的行動。我是性情中人，由許多情緒反應和姿勢動作中都可以知道，無論是對於誘惑或是障礙，我都會很快失去耐性，所以當她目光忽而飄向我，忽而移轉他處時，我的一顆心就會隨著她起舞，心頭時而好像一把火似的燃燒起來，時而「起身察看」，時而熄滅，並且時而熱度又再次陡升。她喜歡施展魅功，只要看我一眼就可以把我的魂給勾走，乖乖地跟著她穿過房間。她渾身上下滿是笑聲和祕密，而且祕密也是採取部份保留、部份吐露的態度，讓我陷入愈來愈多的憤怒、憂鬱、心情起伏不定，以及非議之中。

有時她也會充滿訝異地望著我，就好像對我充滿了期待，希望我也像她一樣的敏銳和細緻，同時擁有夢幻般的力量，好讓緩緩增加的慾念流到她那兒，讓她恣意地「消費」。這一切對她似乎已無可避免，但我卻認為她是在處處抑制著我。

我們之間也在進行一場遊戲，在遊戲中我們互相「追趕跑跳碰」，彼此你追過來，我躲過去的經歷了好久，過程中會偶而相會、捕捉彼此的眼神，或跟隨著對方，或失去了對方，就這樣歷經了長長一頁愛與分離交織而成的滄桑史。我看到我們一起赴維也納的劇院，她也想起了過去所帶去的那條喀什米爾白圍巾；我們在凱倫堡碰面時，她又想起了餐桌上的那碗起泡奶油。後來我們在阿爾卑斯山區走了好長好長的一段路，也在火車的頭等廂裡彼此追逐，互相超越對方，就這樣一路晃到希臘。最後她實在累壞了，需要找個臥舖，而我也放棄了自己的那張床。

就在哈達瑪寬衣上床，和我若即若離地保持著「幾吋」的距離時，我就老老實實地告訴她，站在火車狹窄的走道上用雙臂緊緊擁住她，同時身子倚靠在車窗上的那種滋味像什麼。這個時候，隔壁那張床起了陣騷動，只見這兩張床之間只隔了片薄薄的玻璃柵欄，上面覆蓋了層厚重的幃幔，而那名不認識的婦人則在晨曦中有氣無力的起床。後來在我的協助下，她才下了火車，從此就沒有再看到這名婦人。

如今我對哈達瑪的欲望已愈見高漲和迫切，好像是要尋找一個能絕對駕馭她的方式，以充分配合著她那色慾世界一樣。其間我備受嘲弄，也備感煎熬，經常被她搔弄得心癢癢的，整天受她引誘，被她拖著跑，在興奮和激情中又不時勉強壓抑自己，或是畏首畏尾，退縮不前，所以我的欲望中就開始顯現出殘忍、暴力以及獸性的一面。我已經變成了個男孩，所以能了解到這些欲望——先是期待著對方能百依百順，後又急著需要對方像隻聽話的綿羊一樣，任由自己擺佈，最後又放棄了這種念頭。對啦！就是哈達瑪，她一定得盡褪衣裳，剝得一絲不掛，然後玉體橫陳地躺在我面前。她一定得為先前的曖昧不明付出代價，為我那似乎永無止盡的期待付出代價，否則我又何必一個承諾又一個承諾，並公諸在我永無休止的「欲望之街」上？而在此之際我也愈來愈像個獵人一樣，會悄悄潛近獵物，偷偷摸摸的觀察，然後伺機而動，隨時準備一躍而起，把她給一舉成擒。

不過有時她所激起的漣漪或火花會讓我感到害怕，甚至不是害怕而已。這種異質性會在我們之間逐步升高，讓我們彼此疏遠，互相怨恨，想挾怨報復，並且使我們深感疑惑。也就是說這種欲念會把我們一同帶往危險的轉捩點，並且終將讓我們勞燕分飛。

有天早上她在喝咖啡，看到我正目不轉睛地盯著她瞧，於是大發嬌嗔：「別這樣瞪著我瞧好嗎？」不過音調中似乎在暗示，她並沒把這件事看得多嚴重。

「我並沒在盯著妳瞧呀！」

「可是妳卻好像在那邊等待著……」她若有所思的說道，聲音中帶有一絲的煩躁，只是微弱得不容易察覺出來，「等待著機會把我給……」

「沒錯！我正在等待著。」我的煩躁也在聲音中表露無遺，而且清楚多了。

「為什麼妳對我們所擁有的還不滿意？」

「就像丹達羅斯那樣，只要有水和水果就滿足了嗎？」

（譯註：在希臘神話中丹達羅斯為宙斯之子，因洩露天機而罰站於湖中，湖水高到下巴處，但只要他一口渴水位就

迅速退下，如果餓了想要摘果子吃，果樹也會往後退去，因而讓他備受痛苦。）

「妳瘋了不成？妳覺得我對妳有所保留對不對？」她一副氣嘟嘟的樣子，同時也有些困窘和迷惑，「那些日子妳不是也……？這些日子不是……？我們在一起的這些時光究竟是怎麼啦？」

「聽好！」我說道：「現在給我聽好！」我一時為之詞窮，找不到適合的字眼把心底的話給說出來，於是反應就透過肢體傳了出去，就好像把她給震得七葷八素，然後殘酷地拎起了她，並重重摔到椅子上一逞獸慾。「當然！」我強迫自己說道：「那些日子對我來說也美麗得讓人難忘。」可是，我卻可以把她給掐死。

「妳有讓人無法置信的『天賦』，摧毀自己的幸福和快樂簡直易如反掌。」

我有嗎？真的是這樣嗎？以前從來沒有一個人對我說過這種話。

「這讓我覺得沒有一個人能帶給妳所想要的，無論得到什麼東西都不會合妳的意，好像都不是妳想要的，也好像始終失去了什麼似的。」

我想她大概是要說：「我永遠也滿足不了妳，在妳眼中，我永遠都不夠，也始終有缺陷。」

「夠啦，」我說道：「別說了！」我忽然發現自己話中好像出現了什麼不好的兆頭，於是心中一懍。她已經把她自己獻給了我，沒錯！她關閉了外面的世界，只和我親密的活在兩人世界中，可是，我卻覺得自己被剝奪了，被欺騙了，被玩弄了，並且被「耍了老千」。因此我必須握住什麼東西，把它給緊緊握在拳裡，甚至用雙臂緊緊抓住，或塞進自己身體裡，好讓我不致於在敏銳而細緻的官能享受中慘遭滅頂。一時之間那種感覺實在無法道盡，只是覺得自己可以為所欲為，做任何暴虐的事出來。

「不要！」她邊說邊跨過桌子向我倚靠過來，同時輕觸到我肩頭，「別弄得這麼用力，我的意思不是這樣的。」聲音中又哄又騙，似乎在撫慰著我，好像她自始至終都很明白我想要毀了她，對其中的危險也了然於胸，並急著想把我從這危機邊緣給拉回來。

我調整了一下呼吸，曖昧地笑了笑。

「妳比我所見過的任何男人都還要壞！」她這麼嬌嗔道，但是我敢打賭，她一定是說著玩的。

「我只是個男孩子而已，對這種事沒什麼經驗，沒有常接觸過漂亮的女人，也沒欺負過像妳這麼漂亮的女人。」

「妳好奇怪哦！」她注視著我，似乎陷入了沈思，「偏偏我又這麼信任妳。」

可是我卻似乎很能取悅她，只見她伸出雙手，「到這兒來，」話中可以清楚的聽出她已原諒了我，「說說看，我怎麼讓妳受苦受難了？到這兒來，告訴我！」

又有一個下午，我們並肩坐在一株栗樹下，不知不覺中她倚在我肩頭沈沈睡去。突然間我好想俯身吻她，就像男孩子想要吻一個與他這麼貼近的女孩一樣，是那麼地虔誠和害羞。我可以輕輕地吻著她而不致驚醒她，自然也不會讓她知道我在幹嘛。我想這麼做會讓我在午夜時分對她做愛的告白，而且這種感覺還滿不錯的。當我靠過去吻她時，還可以從她吐氣如蘭的呼吸中聞到乾杏味，那是我們剛剛才吃過的。

第二十二章　轉捩

有天一大早我正在用那小咖啡爐煮咖啡，突然電話響了。當時正在樓上沐浴的她立刻拿起了那兒的電話，而我則繼續煮著咖啡，同時疑惑叢生，不知道為什麼她會突然拿起電話接聽，這幾天每當電話鈴響時，我倆不都假裝沒聽見嗎？為什麼現在她又……？算算看我們到底過了幾天這種遺世而獨立的日子？三天？還是四天？甚至更多？疑惑中我倒了兩杯咖啡，端到有法式大門的那間屋子，並坐下來等著她。

哈達瑪不久就披上她那件淡藍色的和服走了進來，頭髮濕濕的，光著腳，手裡還捧了個電話，後面拖了根長長的電話線。

「妳是個編輯吧？」她把電話放在肩上，然後從黑色的花瓶裡抽出一束枯死的花。

「或許是吧……我想我該算是個編輯。」

她不斷向我耳提面命，如果真的要離開馬克斯，就該做個上班族，找份能拿薪水的工作，當然，她也找不到任何一個我不必離開馬克斯的理由。說這番話的時候她是鼓起了極大的勇氣，眸子還深深凝望著我，只要我一打算提出辯解或是答覆，她就會把手指頭放在我唇上。總之她想要說的是，如果我想離開馬克斯，就得外出工作。

「我知道有人想找位編輯，我不認識這人，她只是我朋友的朋友，不過如果妳想去談談的話，我想她一定會很樂意的。」

她說這話的時候始終把話筒給靠著下巴，我聳聳肩，誰會在乎這些呢？艾蒂絲姑姑最近才把我介紹給某劇作家唯一活著的女兒，這名劇作家過去在維也納曾小有名氣，至少不輸和他同時代的希尼茲勒（Schnitzler）。不過，他的詩作卻從來沒翻譯成英文，因此他女兒有意把這份任務交給我。哈達瑪和我曾花了好幾個小時，才總算把他寫給女兒的一首搖籃曲給譯妥了。她曾給它做了番潤飾，讓旋律簡單了不少，而我也在裡面設定了和弦，這麼一來我們之間就有了首搖籃曲，如果需要哄對方入睡的話，就有東西唱了。

哈達瑪把電話交給了我，然後進入浴室，不過還沒洗完就好像想起了什麼似的，然後不由分說的便伸手去拿電話。一定是她那顆心又蠢蠢欲動了，想要回到外面的花花世界。我們才剛剛共度過一段甜蜜的時光，也不可避免的許下了承諾，可是，她似乎全都給忘了。不久就看到一個女人捧束死氣沈沈的花施施然而來，她就是那位「求才若渴」的女人，為了尋找一名編輯而親自登門拜訪。她只是哈達瑪一位不太熟的朋友所介紹的，並不認識哈達瑪，可是我和這女人卻有一面之緣，原來她就是三四年前那次為老樹請命的抗議活動中，埋首在我肩頭上悲痛欲絕的那個女人。她就是艾麗絲•葛拉漢，也是讓我頭一回變成男孩的女人。

看來得需要些時間才能讓這一切塵埃落定，並讓大家沈澱下來，可是沒多久艾麗絲•葛拉漢就做了我的鄰居，看來艾蒂絲姑姑沒看走眼，這個女人果然就這麼悶聲不響的闖進我們生活中。她的住所和我的十分接近，甚至比哈達瑪的家還要接近，就在東大路下面，只要再走幾英呎就可以上到奎格蒙，然後經過一座百花齊放的花園，而來到一間隱身於林子裡的小屋子。我從家裡出來後，通常就是經過這條路然後直奔哈達瑪家。

各種選擇，各種路子，各種轉折點，以及各種十字路口，似乎就這樣「放蕩而不知檢點」地散落於各地，這不是讓我很為難嘛！不管是誰只要對這些故意視而不見，就一定居心不良，心術不正，再怎麼幽默也讓人不敢領教，我想我們這些人大概正面臨到這種窘境。可是哈達瑪卻好像局外人似的，並沒有因此而煩躁忙亂起來，在她急切的朝著我點頭之際，我開始猶豫了，不過最後還是同意她替我所做的約定，要在下個禮拜赴聖塔芭芭拉海邊參加一場女性研討會，順便會晤艾麗絲•葛拉漢。

妳是個編輯嗎？打算上班工作嗎？哈達瑪為什麼會決定回覆那通電話？在這原因未明之際妳會高高興興的赴約嗎？妳會同意和電話線那頭的女人會面嗎？

意志可以透過這個行動而彰顯出它的自由嗎？還是等於向一個不斷刺激我、煽動我的東西舉手投降，彷彿好幾輩子以來就一直在枯等著，一直在證明自己太嬌弱敏感，太光明正大，且太擔心自己欲望中野蠻而殘忍的那一面？我要讓這一刻就此靜悄悄的過去？還有，我現在也會這麼做嗎？

那妳呢？

第二十三章　我不想失去妳

我們要去啦！我們會沿著海岸開到聖塔芭芭拉，我們會向艾嘉的姪女借車子，我們會在贊助該場會議的那所大學裡找間屋子小住。不過由於單人房已經預訂一空，哈達瑪遂答應主辦單位和我共住一間。在她整理出一小袋自己的衣物後，也順便幫我的衣物重新打包好，看來她認為我帶的牛仔褲實在是太多了。

「妳難道連件長裙或其他稱頭點的衣服都沒有嗎？還記得我們第一次碰面時，妳的穿著就十分與眾不同，讓人眼睛為之一亮，現在那些衣服呢？」

「它們都太大啦，根本就不適合我穿！」

她以一副鑑賞家的眼光瞧了瞧我，「不會啊！」然後邊說邊搖頭，「不信妳瞧瞧自己，一直穿些運動衣，留短髮，老愛秀出那身肌肉，妳一定不相信自己看起來有多年輕，所以……所以……搞不好她們還以為我要偷偷挾帶個男孩到會場呢！」

「我喜歡自己的這副模樣，也打算一輩子做這種打扮，有什麼不對麼？」

我們會去聽幾場學術研討會，聆聽詩詞發表，參加場藝術展覽，並探討當代女性間是否會再度出現什麼偉大的「女神」。我可以確信沒人知道我已經變成了一個男孩，在哈達瑪嘲弄我或是和我開玩笑時，是很少會說出真心話的，即使說的煞有介事，也不是肺腑之言，但是在一個女神的世界以及欲望的世界裡，我又會做何感受呢？我也曾經身為女人過，這有關係嗎？或是說我會變得離群索居、表裡不一、虛偽矯詐？不管我們攜手共赴世界任何地方，這都會使它變得更有意義，可是哈達瑪卻會就此成為一個「孤陋寡聞」的人，再也得不到其他方面的訊息了——不會一個人獨自在門多西諾度週末，也不會皮包一拎就外出旅遊。如果我們相偕外出，其目的地就必須是有教育意義的，必須有嚴肅的主題，也必須和我們準備過新生活有關。

她有滿肚子的計畫和興奮之情，一直在研讀傑娜西克（Janacek）的著作，想要對波希米亞的民謠做更深入的了解，並且認為同一性質的女性音樂中——如搖籃曲、幹活兒時唱的歌，以及遊戲或娛樂時所唱的歌——一定有許多尚未被發現，可惜隨著上一輩女性的老成凋謝，它們也會逐漸失去，以後再也不會有人把這些傳承給下一代了。哈達瑪想找些音樂家、舞者以及研究人員，然後說服這些人共同組成一個女性劇團，成員包括各種年齡層的女性，不管是專家或是業餘人士，都一概歡迎。在譜詞方面，我會義不容辭的出馬擔綱，而她則負責籌組整個計畫，至於女低音的部份當然由她挑起大樑。

我們駛過公園然後就直達海邊，在那兒我們可以暫時拋開一切，靜靜地在海灘上走走。這兩天我們都沒什麼休息，也都有些緊張，因為明天我們就要離開這兒了，除非，她再度改變心意。

到了那兒我們卻沒有下車，只是停在兩個快車道之間的分隔島上。此時天色已開始變暗，這次基於某些原因是由哈達瑪開車，不過她卻有些緊張的握住方向盤，忽然看見一輛車沿著海邊疾駛而過，在夕陽的餘暉中，只見一坨背影自她肩後出現，並在不知不覺中悄悄移動著，先是越過後座，然後消失不見。在黑暗中她把頭一揚，除了一片愁雲慘霧和悶悶不樂外，退縮不前和舉棋不定也都寫在臉上。

沈默往往容易讓人緊張，也較會引起敵意，忽然又有一輛車從身邊疾駛而過，連我們的晃動都隱然可見。在飛逝而過的車燈照射下，只見她眼睛一亮，神情中滿是專注，同時激動之情也溢於言表。「我們再談談嘛，」她說道：「現在什麼都還沒決定好，如果有必要的話我們可以談個通宵。」在一片靜寂中，她的背影再度出現，同時在過往的車子來回穿梭下，背影亦忽起忽落、忽上忽下。「我不知道妳在想什麼，告訴我妳到底在想什麼，妳看妳什麼話都不說，真叫人受不了。」

我仔細盯著她的那張嘴，聽到它冷酷無情地從嘴裡脫口而出，在過往車子的怒吼之中，她的臉孔再度清晰可見，一時之間好像有兩張臉一起湧現在她身上，其中一張有著副威嚴的前額和一隻善於表達的眸子，看起來很有教養，讓人如沐春風，而且正急切地從另一張被寵壞、充滿怨恨與淒苦表情的臉孔分隔開來。當然，過去我從來沒有注意到後面那張臉孔。

「妳想開口說些什麼話嗎？還是打算一整晚就這麼一言不發的枯坐在這兒？如果那件事對妳意義重大，我可以陪妳一起去。」

「還需要我再提醒妳一次嗎？這次是妳希望我去的，這完全是妳自己的選擇，我可從來沒做出這個決定，妳看看，只有妳自己是一頭熱。」我粗暴無禮地回嘴道：「我怎麼會想跟妳去開什麼大頭會議？」

在微光乍現中可以看出她滿是勞頓之色，眸子也似乎深陷在無盡的哀傷之中，彷彿一時之間無法平息。

「妳的每件事都是那麼的戲劇化，」她的口吻如今也失去了耐性，「連開了四個小時的車來到海邊，卻在這時開始躑躅不前，想要再回到那蠻荒世界去，其他人怎麼可能會陪妳一起走完這趟旅程？如果這次沒什麼重要的事，而只是去海邊度個長假的話，那我去不去又有什麼關係？妳要有事儘管走，儘管回去蒐集妳的那些故事，不過我可要去參加那場會議，這心意是不會改變的。」

「這一切難道是我編排出來的？如果只是開四個小時的車來到這兒，明天就打道回府的話，那妳還需要改變什麼心意？妳蔑視我的工作和那片蠻荒世界，可是任何眼睛不瞎的人都可以看出，妳心裡充滿了畏懼。」

霎那間一股恐懼的氣氛瀰漫在整個車子裡，也不斷地衝擊我，不過在它無法越窗而出後就逐漸逝去。這時我們的車又是一陣劇烈的晃動，原來有輛卡車從它後面猛然衝出來，在劈開周遭的黑暗時曾帶來短暫的明亮，不過這也是曇花一現，瞬間後又恢復了原先的黑暗。

「我心裡充滿了畏懼？沒錯，我是很害怕，對這一切我還沒做好準備，起碼現在還沒準備好。」

「突然之間妳又沒做好準備啦？」

「好！好！我想我會做好準備的，不過現在還沒有，明天也還不會。」

「但以後妳真的會準備好嗎？是一年後，還是兩年後？妳現在除了坐在那兒枯等，期盼有朝一日我們一起駕車去海邊外，還做了什麼具體的行動？」

「我無法去承諾我自己，」她刺耳而淒冷的聲音畫破了四周沈悶的氣氛，「我不會許下什麼承諾的，現在言盡於此，如果妳準備單飛的話那悉聽尊便。」

我凝視著車窗外的世界，看來和她一刀兩斷，扭頭就走，以及寧可失去她也不願喪失自我的這些「男子漢作風」，日後會讓我習以為常的。這時，她把一雙柔荑輕輕放在我肩上，但我卻猛然推開她，並立刻打開車門，就這樣在寒風凜烈又嗖嗖作響的夜色中，一個人佇立在狹窄的分隔島上，任由兩邊快車道上的車子呼嘯而過。我可以穿過公園走路回去，也可以搭別人的便車，可是，她卻在這時跟了上來，就站在我身旁，面對著我，並緊緊地向我挨近。我們之間是那麼地貼近，只要我伸出手臂，就可以來個「軟玉溫香抱滿懷」。就這樣，我伸出了雙臂，把她緊緊給擁住。

「我不想失去妳！」她口吻彷佛已不是在爭執，「沒有妳我也沒辦法走了。」

「我明白了！我明白了！」我向她悄悄地咬著耳朵，

看來我這位吉普賽大情人是無法說服他的女人留下絲質襪子和綠皮鞋了。

「我不想失去妳！」她又再說了一遍，粗嘎的低吟讓人不忍遽然離去，甚至要不計任何條件的永遠廝守著她。

「我了解，我相信妳，妳並不想失去我。」

「我沒辦法去了，我不能……我不能再陪妳去了！」

看來馬克斯說得沒錯，除了此刻我雙臂緊擁著她外，其他的都被他料到了。另外艾蒂絲也講得很對，大部份的人都不會選擇極端的生活，不會投身於新的生活型態或展開新生活，當然也不會隨便展開冒險之旅。可是她現在所走的路子卻難以想像，而且一直對我戀戀難捨，就好像只有我才能帶給她安全感似的。我得把她給隱藏起來，好好的保護她，避免碰到我在面前所「虛構」出來的那些危險。

此時她的秀髮已濕成一片，可是依然沒有放我走的跡象，撲面而來的勁風有股鹹鹹的味道，就這樣我們瑟縮著身子，緊緊相擁地回到車子裡。這時我們才發現兩人穿得都很單薄，因為那天從柏克萊出發時，尚是朗朗晴空，任誰也不相信這兒的氣候已急遽地產生改變，即使你大半輩子都在荒山野地裡討生活，恐怕也料不到老天爺會「翻臉如翻書」，天氣說變就變。

第四部

第二十四章　雌雄同體

在會議進行期間我是「滿場奔逐」，只要一聽到不錯的會議內容，而且覺得哈達瑪會有興趣的話，便從課堂上三步併作兩步地衝到樓上宿舍的電話邊。我知道她很想聽聽我們當代女性的心聲，其實這些人不屬於任何組織，也不熱衷於什麼婦女解放運動之類的活動，這些互不相識的人遍及全國，而且大多過著寒微而低賤的生活。在過去十幾年來，這些婦女給人的印象似乎都是一成不變：有著臃腫癡肥的肚子與下垂的胸部，臉上始終掛著謎樣般難解的微笑，不知是代表錯愕、狼狽，抑或是寬容。不過在與會的畫家眼中，女神的形象也是從這兒塑造出來的，有時，這些畫家會拿出她們的作品，比方說破土而出的植物根莖，或是諸女神等。研討會甫一結束我就立刻打電話給哈達瑪，告訴她這些事情，同時告訴她可以積極地在這個新浮現的世界裡闖闖，可以好好做番籌劃，把事情給理出個頭緒，並找到適合自己參與且富創新精神的路子。

有些與會的女人穿著長長的衣裙或禮服，留著頭長長的秀髮，渾身珠光寶氣的，連聞起來都有麝香和薄荷的味道，只要身子一動就飄來一陣香氣，身上所戴的首飾也會發出悅耳的聲響。當然，也有些女人留著頭短髮，並露出肌肉結實的雙腿，一身的陽剛味，只是永遠不知道她們是否已由女人蛻變為男兒身，也不知道她們是否天生就是雄糾糾、氣昂昂的個性，抑或是以比我更沈穩的步調慢慢蛻化而成？

我開始在哈達瑪的電話答錄機上留了言，只可惜「紙」短情長，到了三分鐘電話自動切斷後還是無法暢所欲言，於是又撥了第二通電話進去，就這樣連撥了三通才結束這「電話傳情」。不過，才掛上電話又按耐不住地坐下來寫了封信給哈達瑪，雖然我知道在信抵達她手上之前我就可能已經回家了，但還是振筆疾書起來。

我還聽了場有關聖母瑪莉亞的學術研討會，主講的那位歷史學家根據許多事情的發展和假設，最後指出聖母瑪莉亞是古代基督教諸女性神祇中碩果僅存的一位。雖然我對於這些沒什麼興趣，但哈達瑪可一定興味盎然，所以在信中我就原原本本地把這些都一一交待清楚，到最後使得這封信看起來倒像是篇冗長的周末假期記錄，甚至稱之為一篇日記又誰曰不宜呢？只見內容都是些學術性的東西，也有我自己的瘋狂計畫，以及對我們友誼的一些省思和洞察。我透過這封信抒發出自己的感受，並聲稱同樣的歷史力量如今又在一般的女性身上顯現。這股代表我們整個文化和歷史的力量揭露一個可怕的現象，那就是女性主義，以及它的雌雄同體性、它的情欲、它的性愛、那些充滿魅力的女祭司以及「雌雄同體的男人婆」等，俱已煙消雲散。不過，「繁殖力」驚人的女神、她們那種破繭而出的勇氣、女性力量乍現所帶來的欣喜感、那種「你泥中有我，我泥中有你」的一體感，以及其轉變的心境等，都牽引著哈達瑪和我，對於這些我十分肯定。

接下來的日子我就感到「詞窮」了，只好在會場附近來回走走，或是記記筆記，或是與鄰座的女士們聊聊天。我常在想，如果哈達瑪改變心意和我一同參加的話，我就會留下更多且更詳盡的教材。另外我也留了個電話號碼給哈達瑪，在六點吃晚餐之前，她都可以找到我。不久，我也成了大家取笑的對象，因為有幾個女人都猜想我已經陷入了熱戀，整天只想和愛人情話綿綿，並迫不急待地想要她現身。我想如果她們發現我和哈達瑪只是「靈交」，而在情慾之路上相隔那麼遠時，一定會大吃一驚的，而且她們似乎還不難發現這種情形。

有的講師還在課堂上表示，在中世紀裡那些被當成女巫而活活燒死的女人，其實在舊石器時代和新石器時代都是女家長制下的開業醫生。換言之，她們一直都扮演接生婆、女智者、草藥師父以及治療師的角色，不過後來這一切卻毀於她們自己之手。經講師這麼一說，課堂上立刻鴉雀無聲，氣氛也陡地嚴肅起來，接著台下許多女人都擠成一團，有的開始飲泣，坦承女性所遭受的這種迫害反而讓與會的每個人開始相知相惜，並且更加親密地彼此了解起來。

講師們也談到了古代神話中那些女神的「母子戀」，這些對其他大多數人來說尚陌生得很，不過我卻對這些繁殖力驚人又戀姦情熱的「佳偶」十分了解，因為，我和哈達瑪曾拜讀過「金樹枝」（Golden Bough）這部書。在作家費雪（Fraser）筆下，偉大的母神（Mother Goddes）已成了大自然生產力量的人格化象徵，她石榴裙下永遠不乏年輕的帥哥，這些英雄最後雖難免一死，但都充滿了神性，年復一年地幫助她繁殖動植物。這個故事由年長且莊嚴神聖的女性，以及能幹又熱情洋溢的年輕小伙子所擔綱，我是對它充滿了興趣，可是，卻一點也不明白這和兩個女人間的情慾有何關係，或是會和我自己扯上多少關係。

許多女性對這些神話故事都持質疑和反對的立場，咸認為它們代表家族長制已入侵到早期女性間那種親密且排他的關係中，有些甚至離席抗議，只留下少數人繼續探討是否有必要容忍「異己」或是彼此歧異的觀點。然而我們都了解到，這些古老傳說中被「老牛」啃的「嫩草」，其實也代表了少女的形象，因此對這些完美的「雌雄同體」人物都十分羨慕，也覺得受到了「誘惑」，極欲收回自己在被迫變成純潔而柔弱的女孩時，所甘願放棄的那些男子氣慨和能力。

根據壁畫和瓶飾上的圖畫顯示，古代克里特島上的男孩子有著寬闊的肩膀、小小的臀部，並有頭又長又濃且呈螺旋狀的捲髮，和克里特島的女孩相比，真有雌雄莫辨之感。後來我們得知那些女孩子則成了儀式中的祭品，比方說她們會與公牛共舞，並且雄糾糾氣昂昂地躍上牛背，這種敬神酬神時所進行的競技活動充滿了男子氣慨，也代表對神獻上最至高無上的尊敬。我不禁想到，如果自己身在古代的克里特，也會擁有這種特質嗎？這種無憂無慮又灼熱的雌雄同體性，會那麼輕易地在兩性之間來回穿梭嗎？

在討論進行時有些女學員會好奇地凝望著我，我猜想其中有些是在打量我，「摸我的底」，有的則是向我「放電」，甚至還有的隔著好幾張長桌子向我遞紙條，邀約我去她們房間裡聊聊。不過令人好奇的是，為什麼她們會挑上我呢？

當時還有其他的男孩在場嗎？顯然她們並不是因為我蓄短髮和有雙肌肉結實的大腿，才對我產生好奇的。其實，渾身飾物叮噹作響、有吸引力，以及渾身散發誘人香氣的女人們，也是可以假裝成男孩子的。這方面你是沒辦法用外貌判斷的，甚至無法由對方的表白加以判別。當然，也有些男孩子根本就不知道自己是男孩，他們裝模作樣地活在一個小心謹慎、渾身香氣四溢，並且嬌弱無力的女性世界中，不知道自己真正的命運其實是建立在甘冒風險的能力上，亦即在毫不遲疑地追尋自我的過程中求得永恆改變的能力。

凝望著我的那些女人是否意識到這些？她們是否會引起我的興趣？在本週結束時是否會在隱瞞著哈達瑪的情況下，和她們其中一位發展出某種關係？而我這個曾自我改造的女人如今是否能夠承擔這些？

我的肉體是有能力的，所以我向那個皮膚黝黑、掛著串銀色蛇形項鍊的女人回望了一眼，這不正說明了我是可以以歷險為名而行背叛之實的嗎？如果許久以來我就一直是個眼高於頂，而且在情慾世界都是以自我為中心的年輕小伙子，那麼在那個「黑皮」女人最後回眸一笑時，就看不出任何理由要把目光移開，或是提醒自己一定要寫封信告訴哈達瑪這件事。

最後我還是抓起了筆記本，扶在案頭把那件事原原本本寫了下來，就在放下筆之前，我在那個女人的凝望中看到了自己，彷彿我剛踱到一面鏡子前，看見自己懶洋洋地躺在位子上，雙腿伸向走道上，雙膝分得很開，腦袋也向後仰，一副鑑賞周遭景物的樣子；另一方面，我也見到自己的高傲和偏見，彷彿自己一直就是這副調調兒。至於我這姿勢也好像是在向對方說：我就在這兒，來嘛！我是值得妳這麼深情注目的。

我變得多麼地流里流氣和放蕩不羈呀！是一個多麼荒唐可笑的無賴啊！而且，又是多麼地自愛自憐啊！

在一陣討論後我終於遇見了艾麗絲•葛拉漢，這個會議就是她主辦的，而且開幕儀式也是她在致辭。在這場會議中唯一能讓與會人士四分五裂的議題，就是女神的「母子戀」情節。在這方面她倒十分好奇地想要了解我的想法，不過在我倆討論時卻有另外兩三位女士也來參一腳，我覺得有了她們的加入，這一議題就不再那麼地硬梆梆了，尤其當我提到其他雌雄同體的女性力量時更是如此。就這樣我提到了艾蒂蜜絲女神（譯註：希臘神話中司月、狩獵、森林以及野獸的女神）手下的半人半神美少女們，這些與她一起狩獵，並與她獵犬一同奔跑的美少女們都是處女，有著肌肉發達的大腿，其英勇無敵的力量也超越所有的山川。當談到這些野性難馴的少女們所擁有的一身美肌，以及克里特島的男孩們那頭纖細動人的長長捲髮時，我是愈發地雄辯滔滔，而且言辭間也愈來愈扣人心弦。

不過其中有個女人指出，我誤解了「處女」這個字的真正意義，其實它和女性性愛的不成熟是一點關係也沒有，而只是表示女人可以在沒有男人的情況下完整地體現自我。

另外也有人向我們提到了被戴奧尼薩斯（譯註：希臘神話中的酒神）強暴的野女孩奧拉，我原本希望能避開這個例子，不過大家卻對此討論盈庭，簡直欲罷不能。最後竟形成了一個新的論點，那就是女孩子不管是多麼地孔武有力，到最後都能被天神們輕易地強暴得逞。另外還有更了解這些神話的與會人員想起了阿波羅掠奪男孩瑪斯亞斯的故事，不過我們雖然認為這故事也很可怕，但卻不能視之為強暴。

在那晚夜深人靜後，我又和其他與會學員一同跑到市郊的一間酒吧跳舞。由於我沒帶舞伴，所以一些男的遂上前搭訕，並要求我和他們共舞。我沒拒絕，只是這麼做讓我和其他女學員有了些距離，覺得我好像做了什麼「有辱門風」的事，甚至有人直言我大白天還高談什麼雌雄同體，但現在我這雌雄同體的理想人物卻搬石頭砸自己的腳。

會議進行時有些女人很顯然把我當成了男孩子，不過來到舞池裡，那些男人卻把我當成了女人。當那些女人凝視著我時，可以看出來我雄壯威武的男人氣慨是她們欲望的目標，而我本身也期盼著能打鐵趁熱，讓一些美事就此展開，而別蹉跎了大好機會。至於那些男人之所以會盯著我瞧，就是因為我一再向他們「放電」，暗示他們我是「可以弄到手」的。

那種凝視似乎有雷霆萬鈞之勢，其威力足可超越自我。我可以向男人的入侵投射出男孩的挑戰，或是向他凝視時的暗示展開雙臂歡迎，並在當下各種性愛的可能性之間膽怯地來回擺盪。但是當我轉過身去，要求另一個女人共舞後，雙方卻立刻緊緊地黏膩在一起，彼此都視對方為可遇而不可求的舞伴，於是乎她的雙手自然地落在我肩膀上，而我的手也順勢攬住她臀部。接著我向前走一步，她也立刻趨前加以回應，並在我退後之前就「傾身」過來抵住我身體，然後就跟隨我的帶領而任由我擺佈了。

我是可以擁有這女人的，我可以帶她回我房間──本來是哈達瑪應該待在那兒的──我可以一整夜與她同床共枕，在她覺得沈沈欲睡時叫醒她，因為，欲望與需求的權力是我的。尚在猶豫不定的是那股濃情密意，已接受的是那股陰暗潮濕──就因為我是予取予求的，所以她會提供我一切所需要的。我這雙清純、暗中摸索，以及正值青春期的手會逐步接近她，最後亦會落在她的雙峰之上。我是個男孩，可以得到我所要的，因為，我願意把自己想要的愉悅帶給她，除此之外再也找不到任何理由了。很顯然的是當音樂停止時，她就把身子向我傾來，可是並沒有與我真正的接觸，因為，我們雙方都明白，第一次接觸必須由我這兒「發動」。

我還不知道她姓啥名啥，因此她始終期待著我開口問其芳名，可是我卻一直沒問。我們倆當時正在點唱機後面的暗處，而其他女人則一起在前面跳舞，如果此時我吻了她，如果遞給了她一支煙，如果在她伸出手時趁勢握住了她，那我的人生會有所突破並重新開始嗎？

當音樂聲再度響起時我有些恍惚，不知道究竟發生了什麼事，也沒要求她共舞，只是盯著另一個走到酒吧那兒的女人猛瞧，想要把她捕捉在自己的視線內。這時我感覺到自己有種無以名狀的力量，好像是股無垠無際以及可以踰越所有規範的潛能，那種感覺令人目眩神迷。此時我正置身煙霧嬝繞的暗處，點唱機裡正播放著五十多首甜美的歌曲，四周也瀰漫著啤酒和鋸木屑的味道，以及那女人身上所散發的庚申薔薇香。之前的那個女人正打算捕捉我眸子裡所流露出的訊息，看來她的欲望尚沒得到滿足，如果我就此打退堂鼓，相信她也不會轉身走開的，即使音樂聲再度響起時我仍站著不動，她也不會撇下我的（因為我對這一切尚是個新手，而且是為了哈達瑪才這樣的）。這時，她更進一步地傾向前，把一支煙放在我嘴裡，然後就把頭輕倚在我肩上，看來是因為她覺得這麼做可以讓我更需要她。她想得沒錯，此刻我感覺到她高聳的胸膛正抵住我肩頭，頓時讓我覺得世上除了眼前這個女人之外，再也不需要其他東西了。只見她頸子上佩了個小斧頭項鍊，纖腰上纏著股手工打造但卻糾結紛亂的繩線，使得那件白色的長袖衣服腫脹了些，露出緊緊貼住我的豐滿臀部，進而讓我感覺到她那股需索殷切及勢不可擋的衝動，看來已別無東西可以壓抑住它了。

「已經很晚了，」我知道是為了哈達瑪才這麼說的，「明天一早還有課要上呢！妳住在哪兒？還會再碰到妳嗎？」

顯然這是有俠義作風的「騎士」們所該對女士們說的話，只不過這卻讓她難掩失望神色。在我送她上車時，還可以看到她不時回首，用好奇、幽鬱、又充滿嘲弄的眼神凝望著我。

第二天在課堂上我又遇到她，不過那時已接近黃昏了。當時大部份的女學員都圍成了個大圈圈，並一起狂歌勁舞，有些女人扯開嗓門大叫，也有少數女人撕開了她們的襯衫，一面跳舞一面得意洋洋的裸露出自己的豐胸。這時在酒吧裡曾和我「耳鬢廝磨」過的那個女人，也挺著裸胸蹦蹦跳跳地向我而來，於是，我加入了這群「瘋子」的行列，並順勢攬起她的纖纖玉手，而她也把我給推進大圓圈裡。就在這個時候，我突然發現自己正站在艾麗絲•葛拉漢的旁邊。

「妳動作太快了，」她大叫道，聲音壓倒了旁人的吼聲和音樂聲，「妳已經征服了她，」她邊說邊向我另一側的那個女人點點頭，「可是我覺得妳現在又在跟我眉來眼去的。」

這可愛的艾麗絲並不知道當我發現這些女人竟是這麼容易「上」的時候，心中的震驚實筆墨難以形容，即使當時她已經很了解我了，可是卻似乎永遠都不明白這點。在這場充滿性愛和色慾的遊戲中，她們是那麼地冷漠和事不關己，只是挺著碩大、赤裸以及成熟得可以摘採的乳房不斷跳躍著。

「嗨！甜心！」艾麗絲這時舞到我跟前，然後一把抓住那女人的手肘，並對著我說道：「是我先看到她的，也是我邀她共舞的，如果她想要和別人一起度過漫漫長夜，那人也絕對是我！」

真搞不懂她們為什麼開起玩笑來也是那麼地嚴肅和認真，我想整個情況大概會朝著我所希望的方向邁進，我可能擁有這兩個女人中的一個，也可能來個一箭雙鵰。因為，我已經穿越重重障礙而進入一個不會尊重傳統禁忌的世界中，不過，我卻急欲遠遁。於是艾麗絲陪著我走到我愛車邊，並傾身向我吻別，此後我們倆就像斷了線的風箏一樣，一直沒有聯繫，直到後來有一次在柏克萊的一間婦女收容所裡面，雙方才算再度聚首。我有很多話要對哈達瑪傾吐，大概由於要說的話太多了吧，等到真的見了面反而有些欲言又止。我知道在和她重逢之前，自己是無法入睡的，因此在最後三個晚上，我在床上翻來覆去，輾轉難眠，最後只好起床寫信給她，因為現在我已經在這些女人身上找到了新的人生方向。

第二十五章　我的女人和他

當我回到家時，哈達瑪也急著要告訴我一些事，只不過那些消息我已經搶先一步從艾蒂絲姑姑那兒聽說了。當時艾蒂絲早就在花園裡等著我了，等著要告訴我這個天大的消息：哈達瑪已經見到了馬克斯。

「哈達瑪？」

她還會背著我跑到其他地方去嗎？這時，我從台階上跌落下來，在搖搖晃晃之中我伸出手來，勉強撐住了自己，不過一陣踉蹌中又滑倒了。

「馬克斯？」

我的一顆心也隨著身子的跌倒而一再下沈，可是這些我都不管，只想要一探究竟。我知道哈達瑪和馬克斯，對於這些名字我應該十分熟悉才對。

艾蒂絲姑姑這時一把攬住了我的肩頭，我這才注意到自己的身子正不住地搖晃，是一陣天旋地轉嗎？可是我是男孩子耶，我大聲抗議道，男孩子是不會被什麼撼動的，即使身子倒了下去也不會的，而且男孩子就算是要哭泣，也會找個沒人的地方，所以，我不是在哭。更何況男孩子在感到傷痛之前會先怒髮沖冠的，於是我左手握拳，可以想像得到復仇所帶來的那種冷酷歡愉，這是生平第一次可以想像得到。

「哈達瑪已經見到了馬克斯？」我若有所思的說道，同時也鎮定了不少，「這是什麼時候的事？有多久了？是從我離開的時候才開始聯絡的？還是從他搬出去後就開始了？或者是在我離開之前就『暗通款曲』了？」

儘管我鎮定了不少，可是這一連串的問題仍如連珠炮般地炸了開來，而且聲音尖銳刺耳，近乎嘶啞。或許我說話一向就是這副調調兒！只見我死命掙開艾蒂絲的擁抱，大踏步地奔向花園，然後舉手抓住一株老棕櫚樹的枝頭，就將它給硬生生地折斷。

「這是什麼時候的事？有多久了？是從我離開時才開始的？還是從他搬出去後就開始聯絡了？或者是在我離開

之前就『陳倉暗渡』了？」雖然我只是一再重複相同的話，但這次終於真的冷靜下來了。不過我注意到自己的聲音依舊很高亢，手上也始終握了那根剛才猛然折斷的棕櫚樹枝。我很清楚哈達瑪和馬克斯這兩個名字所代表的意義，那是兩個背叛我的人。

「我活了八十多年啦，」艾蒂絲一邊說一邊瞧著一隻棲息在躺椅扶手上的白色毛毛蟲，「而蝴蝶的生命卻只有幾天而已，可是即使牠們的人生這麼短暫，也需要比我們人類更多的智慧，才能使短暫的人生化為永恆。」

我覺得自己應該會當場愣住，然後一片靜默，可是我並沒這樣，反而拔足狂奔。

「哈達瑪和馬克斯！」我痛苦地嘶吼道，彷彿這兩個名字已經變得無法停留在我雙唇間。「哈達瑪和馬克斯！」我一再重複，並且做好了準備，要讓自己產生慘遭蹂躪和悽苦無比的感覺。可是，那種感覺卻始終沒來，「那種事絕不會發生在我身上的，可是卻發生了，就如預期一般。」

「這是鬼扯！」艾蒂絲雙臂交叉在胸前，「他們已經互相要了對方，並取代了妳，這樣比較好，也沒那麼危險，只是持續不了多久的，不過那又能怎樣？」

她說得沒錯，我和他只維持了三個月，然後馬克斯就生厭了。我覺得他是趁機帶走這個我想要的女人，以向我討回公道，可是，他卻永遠都不了解這個我所深愛的女人，也不知道日後是否會對她生厭。不管他多麼得意，到頭來一定是一場空，什麼都沒得到。表面上他和我似乎都愛上同一個女人，可是事實卻不然，他並沒像我一樣地了解哈達瑪。不過這也難怪他老兄，只要是生為男兒身的，都不可能像我一樣地了解她。

我把這些告訴了艾蒂絲姑姑。

「有誰能了解哈達瑪？」她挖苦地回嘴：「連她都不了解她自己！」

「但是我不會因此沮喪的，……我真的不會沮喪嗎？我應該有慘遭蹂躪和如喪考妣的感覺，可是我有嗎？這次回來有這麼多這麼多的事要告訴她，而且已經為我倆產生了新的生命，並要帶著這新生命回到家裡，可是就在一瞬間這一切都離我而遠去，就好像這是許久以前發生在其他人身上的事一樣，讓我有如置身事外的感覺。在我看來，她已經變了，不再是上禮拜四還一直催著我去聖塔芭芭拉的那個女人啦！妳知道這話是什麼意思嗎？我已經不在乎了，已經超脫這一切了，反正怎麼樣都沒什麼關係，什麼都已經不重要啦，……這……這……這怎麼可能？……看來一切都已經不重要了。」

艾蒂絲姑姑輕輕地搖了搖頭，仰天長嘆道：「唉！這種事遲早都會來的，不過，妳會熬過去的！」

「這消息太突然了，真讓我瞠目結舌，如墜五裡霧中，真的！這整件事帶給我很大的困擾，如果讓我不知如何以對的話，也只怪我渾渾噩噩，未能及時預知此事。可是，除了我了解他們以外，他們倆又能彼此了解嗎？他們要向對方說什麼呢？他們還有話可說嗎？」

「我猜想他們絕大部份的時間都在談妳！」

此刻我們倆正頭靠著頭，一起望向遠方的海灣，那兒的霧已漸漸散去，留下萬里無雲的碧藍天空。我把每樣東西都看得太仔細、太深入，也太準確無誤了，而這也意味著困擾會跟著降臨。「這似乎是好久好久以前所發生的，」我不斷重複道：「但我認為這一切是有別的含意，就好像哈達瑪……就好像她是屬於我的，只有跟著我人生才有意義，而且，也只有和我在一起她才能對這一切有所體認！」

「妳現在發現哈達瑪只是妳的託辭而已？」

「託辭？哈達瑪只是我的託辭？是為了要掩飾什麼事？」

這名老婦用手指抵住了我的雙唇，「妳早就已經知道了，為什麼還明知故問？」

「她只是我的一個託辭……？」我實在不知道艾蒂絲葫蘆裡賣的是什麼藥，「妳覺得我並沒有愛上她？」

「當然愛囉！」她的口氣好像是在談一個離開很久，而且一路走來早已精疲力盡的同伴。

「什麼？那妳打算對我說什麼？實在搞不懂妳葫蘆裡賣的是什麼藥！」

難道我是為了他才對哈達瑪大獻殷勤？我為他找另外一個女人是想要來拯救我自己岌岌不保的處境？是因為我把哈達瑪留給了他，所以自己能離他而去？因為我是個絕望的女人，才把哈達瑪留下來以取代我的位子？我在禮拜四走的時候，就已經知道會發生什麼事，而且純粹是我自己一手導演的？但如果這是我精心策畫的戲碼，並讓他一步步陷進來的話，那為什麼日後的演出卻大為走樣，和我當初的預期完全不同？

艾蒂絲姑姑點點頭，「他會走上前去，把哈達瑪從她自己手上給救出來，就像過去他拯救妳一樣。妳或許也會把她給拯救出來，以免她自己愈陷愈深，但這誰又能說給誰聽呢？哈達瑪在許久許久之前就已經做了決定，或許就像妳所說的一樣，這些決定其實是在好幾代前就做好了，或許是如此……或許……」

她轉身面對著我，動作甚至有些粗魯和傲慢，只見她用兩手托住我的臉龐，硬是把它給抬起來，然後粗魯地凝視著我的眸子，並再度搖頭，「這一切是誰帶來的？是妳嗎？妳相信這種生活型態？這種生活已經重複了好幾代？我行將就木，本來不該拿這些問題打擾妳，可是，我了解這些。妳已經心想事成了，可是，妳真的希望哈達瑪過這種新人生嗎？真的希望把她帶在自己身邊？現在可好，她不會來了，她是不會來的，不過這又有什麼關係？妳不需要任何人照顧，也會承擔起一切的風險，所以情況還好。

如果這事是因哈達瑪而起，如果是她把妳帶到這步田地的話，那才可以稱之為愛，不是這樣嗎？」

「要是我不了解妳的話，一定會認為妳是位憤世嫉俗的老太婆，而且絕非善類。」

「說我不是善類那的確是實話，可是我憤世嫉俗嗎？為什麼會擾得妳這麼心神不寧？」

「不然我就一切心想事成了！」

「或許還會愛上其他人吧？」

「當然會愛上囉！」我模仿她的語氣說道，不過，她並沒有笑出來，「我人生中每個愛的抉擇都有不同的意義，不過每次都如狂風暴雨般的驟至，並急如星火地把我給緊緊攫住，然後再一次地把我給狠狠摔下來。似乎在很久以前，我就認清了這個事實……」

現在她卻笑了，「真正沉浸在愛河裡的人並不會學到愛的本質，不過其他每個對愛死了心、對愛厭倦，或是目睹到其他人被愛糾纏得死去活來的人，卻都會對愛有所認識。只有情人永遠都不知道可以從愛那兒學到什麼，妳剛好就是這種人，是這種冥頑不靈，怎麼教都教不會的人。

以後妳還是會繼續去愛的，繼續熱情如火地追尋愛，直到年歲超過我，而且永遠無法弄懂愛的真諦時才會歇手。……我似乎覺得妳有些不服氣，想要和我爭論一番。」

她說話的口吻真像我，只見她提高了嗓門，眸子中火辣辣的，滿是激情，「我們習慣以愛為工具來慫恿自己做轉變嗎？這是心中只有自己的自私念頭嗎？而且除了情人外和其他任何人都無關嗎？或者愛是讓我們回歸宇宙神秘法則的根源所在？」

她把手放在我頭頂上，好像這麼做可以避免我出錯，也好像是給我祝福。

「以後還會來看我嗎？還會和我稟燭夜談，直到第二天東方既白嗎？」突然之間我精神為之一振。

「有很多人在許久之前就認識了真愛而得到自由，甚至在妳出生之前就『得道』了！」她繼續說道：「我就是其中之一！」

「妳認識的都是我所無法學習到的……」

「愛這玩意兒太可怕了，」她說道：「它是野蠻的、抽象的，它只是在利用我們，利用那些徬徨歧路的人而已。」

「但我所說的生命型態就是這個意義……」

「這只是冠冕堂皇的話，」她打斷了我，「甜言蜜語都是不可預測的，而且是可怕的。」

「但我一些新認識的朋友就不會這麼認為，她們說愛是神聖的。」我終於有了笑的機會。

「妳新認識了些朋友……」

「我剛剛才認識了一個叫做艾麗絲•葛拉漢的，她的想法比我的還要奇怪多了。她一點也不相信愛，也不認為愛能使兩個人成為佳偶，甚至覺得愛是過時的，是父權心態在作祟，還說女人離開男人後會發現自己只有性愛而缺乏浪漫的心，也會發現自己雖然變成了探險家，但卻已經沒有新大陸可供他們一探究竟了。她除了告訴我這些外，也讓我認識了很早以前就消逝的父權世界。」

「一個真正的信仰者不是為妳而存在的，妳會一一領教到這些女人，找出一些自己未曾發現過的東西。或許妳還會回來找哈達瑪，而她也可能在『過盡千帆皆不是』後在那兒等著妳。不過，這麼做對妳們倆可說是一點好處也沒有。」

「好真是個憤世嫉俗的老太婆！」

「妳煩不煩啊！」她糾正我道，「來點新鮮的行不行！」

「但是我會找到自己所追求的，即使到最後無法成為別人的所愛，我也無怨無悔。」

「多麼神聖的一番話啊！」她喃喃道：「我知道這會達成的。」她靜默了片刻又補充道：「可是從現在開始，妳得隻身前往了。」

「這表示新舊兩個世界要就此分道揚鑣？以後不再秉燭長談了？我太過份了，連妳也不再理我了？」

「妳還是會來探訪我們的，妳是個極有自信的人，有沒有得到愛都沒什麼關係。」

「妳這是和我道別嗎？」

「我說過了，妳會來探訪我們的，可是以後妳對我所說的話，卻一定是我無法了解的。」

第二十六章　形銷骨毀

時光就像雪花一樣緩緩飄落，它飄忽不定，吹過人行道，然後紛亂糾結的在地上「安家落戶」，不過，這並不表示時光就此逝去。

還依稀記得在失去席娜時，那股椎心之痛就像是被撕裂了一般，至此之後，我整個人生就破碎了，好像我過去從未愛過女人似的，換句話說，那些名字和事實雖然俱在，可是它們卻都沒有任何價值和意義了。那個愛的故事把我折騰得死去活來，整個人也一小塊一小塊地被撕裂了。最後，我把這段難忘的過去給封存起來，讓它成為空白一片，並離得它遠遠的，讓它永遠都碰觸不到。

在沒有被時光所摧殘，或是沒有接受到時光所洗禮的地方，任何東西都是不會改變的。如果把自己給搖醒，如果回到自己的心靈深處，或如果你讓自己走動走動、做個深呼吸，再伸展一下四肢的話，就會注意到生命的最後一丁點能量正在此刻流失。

因此，早晚我都會去召喚馬克斯的，就像從前那樣，即使這種召喚會給他帶來滿足，我也會拉下老臉。有朝一日當我缺少了他就成不了任何事、就會身陷重重困擾中，甚至連謀生能力都有問題的時候，則自然會「吃回頭草」的。所以我在等待著，等待著它的發生，不過，卻一直沒有發生。我在清晨起床時，總是會滿懷疑惑，不知道接下來的這天，接下來的一小時，或是接下來的這一刻，會讓我形銷骨毀的那股力量會不會翩然而至，不過，它卻沒落在我身上。於是，我就一直往左右兩邊望去，忽然，我發現有東西正沿著「易脆而背叛」的林子裡向我悄悄貼近。只見我一陣天旋地轉，於是立刻跳了回來，一臉驚恐。不過到後來卻發現什麼都沒有，我仍是孤伶伶的一個人，根本沒有什麼東西匍匐在那兒等著我，我也沒有成為那東西的獵物。

在那幾個禮拜，我經常和艾蒂絲姑姑耗在一起。在頭一個禮拜我們並沒有說多少話，她只顧著自己的花花草草，餵食那些愛貓，到花園裡澆澆水，或是為了那些玫瑰而大驚小怪的。而我則坐在鞦韆上沈思默想，那股屈辱不時狠狠地撞向我，所有訊息都顯示我太天真爛漫了。哈達瑪是否把這些訊息向馬克斯吐露？他們是否在那兒一起笑我癡、笑我傻？他會得意洋洋的向我耀武揚威嗎？他怎麼會輕易地攫獲我心愛的女人？她怎麼就這樣輕易地向他投懷送抱，把自己給了他？為什麼是他？因為他是屬於我的嗎？因為他是我的「再版」嗎？還是因為這一切都是他早就安排好了，我只是個傻不隆咚的「介紹人」？……不！我不相信。

接下去就是孤枕難眠的日子，我經常在午夜夢迴時醒過來，這時才發現自己是一個人孤伶伶的躺在自家床上，轉瞬間便有種僵硬及蕭瑟的感覺襲上心頭，甚至比先前的屈辱感還要來得痛徹心肺。過去我做的每件事都是為了她而做的，也是為了她而活的，甚至為了她而變成男孩、離開馬克斯、撇開這個家，並置自己的安全和未來於不顧，不過，這個女人如今卻可能把我們倆過去一起說過的話和做過的事等，都忘得一乾二淨了。還有其他的人呢？艾麗絲•葛拉漢呢？以及那些與我同台共舞過的女人呢？她們如今已像水中精靈般地不具實體形像，而我也覺得我們之間的生活滿是「妖術」和「魔法」，就這樣我直直地坐在床上，凝視著窗外霧濛濛的一片。這時，才如釋重負地發現窗外那種僵硬、荒涼又飄浮不定的空洞感，正可反應出我的內在狀態。此外，也意識到一種輕快的東西正向我招手，好像已為此許下了承諾，也幾乎可以牢牢抓住這種烈日灼身的感覺。在開會的那幾天已建立起極大的權威，以對抗曾帶給我不少威脅的孤寂感，而我也在那些日子再度出發找女人，相信這理由可以讓我從失去哈達瑪的陰影中存活下來。

或許男孩子不會像女人那樣，為了個女人而崩潰瓦解，或許男孩也不會像我過去那樣，被一個叫席娜的女人給撕碎。我想席娜是世界上唯一愛過我的人，而如今我所變成的這種男人，也知道他的性別命運就是愛女人，如果失去其中一個女人，就立刻會有其他女人遞補上來。當我愛上席娜時，就相信她是我唯一的愛人，永遠都不可能出現其他女人，不過一旦無法與她繼續維持下去時，就沒有理由死纏住對方不走了。

我曾愛過席娜這個女人。

到了第二個禮拜，艾蒂絲姑姑堅持要我陪她住幾個晚上。在我躺在床上無法入睡時，她就會沖杯熱牛奶給我，彷彿我就是個靜不下來的小娃兒一樣，可愛又值得珍惜，不過卻需要大人的呵護和嬌寵。

到了第三個禮拜我就陷入一種哀莫大於心死的恍忽狀態，早上不願意起床，非得要艾蒂絲姑姑拿根鞭子，把我給硬趕到花園去才行，不過，所交待給我做的活兒卻都被我給搞砸了。到了第四個禮拜，我突然變得狂躁不安起來，整個花園都被我弄得乒乒乓乓地震天價響，有時猛然往樹上撞，有時大聲的咀咒，有時拿些紙頭給哈達瑪寫信，然後把它們撕碎扔到花園裡。這個時候，艾蒂絲姑姑都會站在旁邊無奈地搖搖頭，或是把手指放在嘴唇上示意我噤聲。可是，我從來都沒哭過，只是不眠不休，甚至好幾近瘋狂地等待整件事落幕。那種事是所有談過戀愛的人都得經歷到的，現在我所以還能忍受下去，就是因為已經準備好要駕馭這一切了。

有天晚上，艾蒂絲和我坐著一起閒聊。

「妳這麼輕易地就放棄了？」她邊說邊拂了拂橡樹下的那張椅子。

「妳要勸我回到馬克斯身邊？這是不可能的，事情已無轉寰餘地，而我也不再是過去的那個人了，不但自己回不了頭，他也沒有要我再回去的理由。」

「他希望妳陷入重重困擾，希望電話鈴聲響起，而他也一直等待妳這個需要拯救的女人回頭找他。去吧！試試看嘛，拿起電話撥撥看，只要妳肯靜靜地坐下來拿起話筒，他就一定會在電話的那一端守著……不過……我所指的並不是馬克斯。」

「是哈達瑪？我放棄了她？就這麼輕易地放棄了哈達瑪？妳以為我這幾個禮拜是怎麼過的？我就這樣輕地放棄了？妳怎麼可以這樣說呢？」

「這些日子妳所寫給哈達瑪的信都寄了嗎？從妳回來後有打過電話給她嗎？妳瞧瞧自己，已經完全放棄了，連一點鬥志都沒有，不敢挺身為自己的欲念辯護，也沒提出自己的主張，甚至連一句憤怒的話也沒說出口。其實我對妳原本懷抱著許多的期望，從沒想到妳會這麼輕易地放棄。」

「是妳說她永遠都不會做出打破傳統的選擇，這可是妳親口說的，而我也被妳說服了。」

「這是我說的沒錯，妳也可以說服她啊？」

「要我去說服她，讓她相信愛我的程度超過對馬克斯的愛？別開玩笑啦？」

「許多人都覺得妳很有說服力。」

「可是這樣做對我有什麼好處？即使我很了解我們間的友誼，但哈達瑪卻不清楚，不是少根筋就是故意忘記。每一次從我走出大門的那一刻起，她就好像變成另外一個人似的，等到下一次兩人再見面時，一切又得重新開始，才能再把她給贏回來，或是再讓她知道我這個人。如果我們之間的那條路在過去就是困難重重的話，如今又怎麼可能平坦得起來，對不對？」

「把妳對她的感覺老老實實告訴她嘛，這麼做的理由和贏得她或失去她都無關，而只和妳所該說的話有關。我很了解妳，下半輩子一定會對發生在自己身上的事感到困惑叢生，這會讓妳心不甘，情不願地和哈達瑪緊緊綁在一起，讓她就這樣把妳給牽絆住。所以，妳必須要跟她明說，而且相信妳也一定會這麼做的。」她語調中滿是不吉祥，「其他不管妳怎麼做都算是怯懦的，都算是在逃避！」

「我想妳大概早已厭煩了我，其實妳可以跟我明說，我會立刻走人。」

「別說傻話了，以妳自己的意思去做該做的，其他的就甭管了。妳覺得自己會把下半輩子的光陰都虛耗在一個老太婆身上？」

「我喜歡這樣，妳對我一直很好，……」

「夠了，我知道自己是哪塊料，」她顫顫巍巍地撐起了沈重的身子，沒想到語氣竟也同樣的沈重。同時在她走開之際，還拍了拍我的肩膀。

第二十七章　痛徹心扉的背叛

我把當初在聖塔芭芭拉所寫給哈達瑪的信都一股腦地寄給了她，心想大概還得等上一段很長的時間才會接到她的回音，不過，在幾天後就收到她的一封回函。她在信上說我的文筆很讓人印象深刻，有很好的觀察力和想像力，一定要帶著自己的作品出去「闖盪江湖」一番才行，而且功成名就指日可待云云。末了也註明只要我訂個時間和她見面，她一定樂於赴約的。

於是我帶著這封信找上艾蒂絲姑姑。

「妳還恨她嗎？」她啞然失笑，「很好，妳現在終於有理由不去嚐試了。」

「讓我再安排一次約會？妳可以想像這會是副什麼樣的場景嗎？我打電話過去，她回電，我們安排了會面事宜，不過到最後一刻另外一人也加入『戰局』。碰面後她向我道歉賠罪，於是我們又安排了另一次的碰面，但到時候一定會發生了什麼緊急的事情，而她也還是那麼風姿綽約地向我表示後悔之意，這些過程就會這樣地一直持續下去。」

「妳忘了去哈達瑪家的那條路了嗎？妳的那把鑰匙呢？難道還得要份地圖才能到她家嗎？」

我知道馬克斯正在拜訪我們的朋友莉莉安，因此，我就一個人待在有扇法式大門，而且是開向花園的那個房間，靜靜等候著哈達瑪的出現。自從我成了「第三者」以後，一切都好像奇蹟似的生存了下來，而且歷經時間的洗禮後似乎都沒什麼改變。

我認出了那條路，她就是從這兒打開那扇前門的，而且，我也可以認出她走路的聲音，更知道從我見到她的那刻起，一切又會重頭開始，而我也一定會再度愛上她。不久，我就聽見她上樓的聲音，於是我大聲叫她，並等她找到我。

當她在門邊現身時簡直呆住了，不過立刻又裝出一副坦然自若的樣子，甚至好像在質疑我是否有權到她家裡一樣，接著又尷尬地笑了，但馬上就掌握了整個局面。只見她後來的態度優雅而從容，如果我從遠處觀察她的話，一定會留下深刻的印象。

「我知道會在這兒看到妳的，凡是和妳有關的事我從來就沒看走眼過。」她的口吻好像是說我早就完成了「點召」，已經沒有權力再破壞她的生活。

我等了段很長的時間才開口說話，因為，我知道此刻我的靜默並沒有讓她安定下來。只見她狀甚悠閒地在屋子裡走來走去，這段令人尷尬的時光就這麼輕易地打發掉了，接著，她又弄正了牆上的一幅畫，並且調好了大理石桌上的那只鐘。

「怎麼啦？」她也待了好長一段時間才說話，可是臉並沒有轉過來面對我，「我已經準備好洗耳恭聽了。」

我早就準備好今天要說什麼了，早就把這些話給寫到紙頭上、寫在報紙邊緣的空白處，或是餐巾紙上，然後塞到自己的背包裡，打算在「無力回天」時唸給她聽。我曾把我倆關係的過往歷史摘要地記了下來，好像好幾代好幾代以來就一直是這麼「演出」似的。我要求她放棄一切，然後跟著我離開這兒。過去我曾整個晚上從一家咖啡店到另一家咖啡店地找她，等候她回家，也曾把共處時每種絕佳、微妙及熱情洋溢的感覺給一一寫下來，並且更曾經和她一起回味昔日的時光。

我知道她會靜靜的傾聽，把我的每句話都聽進去，而且會給妳留下很深刻的印象，覺得自己過去從沒碰到過這麼一個好聽眾。可是，她也會左耳進右耳出，馬上就把聽到的話給忘得一乾二淨。

不過這種認知也讓我能以更超然的立場看待整件事，而不流於感情用事。

「妳以前曾一再告訴我，妳和馬克斯之間早就結束了。」她說完後就站在我前面，好像要與我一起面對每件事，可是接下去卻並沒有像以前那樣，坐在我對面的那個方枕頭上。還記得有個大白天我像個沒頭蒼蠅似的，馬不停蹄在她家附近兜圈子，可是都一直不得其門而入，後來她就坐在那兒告訴我到她家的捷徑。

突然她朝著我走近幾步，一副欲言又止的樣子，最後終於開口了，「妳得承認我事先有求過妳回到他身邊，次數並不下於任何人，可說是再也沒有其他朋友能像我這麼仔細、這麼忠實了。而妳也再三向我保證，妳和馬克斯之間早就結束了，那次數也多得連我都記不清啦！」

「沒錯！」我很同意這點，看來還得花上好一段功夫，才能再度信任眼前這個曾一度讓自己依賴甚深的女人，「妳一直都是那麼地忠實可靠。」

「如果妳不要他，」她的聲音有些尖銳，好像是我惹得她一肚子怒火，而且她也好像瞧出了這就是最佳的策略，「那為什麼連我也不准要？妳打算把他甩了後就藏在自己的背包裡，不准其他人碰嗎？不過，我不會讓妳這麼做的，我對你們兩個人都很照顧，也不許妳再這麼對他了。」

我可以看到她青筋暴露，也注意到她的手在微微顫抖著。這個時候，我記起了自己在幾個月前的三個「標準姿勢」：先是直挺挺的站立，然後毅然決然地向她走去，最後雙膝一跪。

「妳不能這麼做，」我邊說邊跪了下去，「即使是妳也不能，妳對馬克斯的一切是假裝不了的。」

她握住我的手，然後慢慢舉起並抵住她的腮幫子。

「我並不想失去妳。」她說得很大聲，在這間美麗的空屋子裡引起頗大的迴響，我想這大概是我最後一次見到她這樣了。

她開始啜泣，淚珠兒一顆顆慢慢地滴落，就像以前為史蒂芬落淚一樣。這些晶瑩剔透的淚珠先是在她眼眶中打轉，然後自眼角湧出，最後一顆顆「神氣十足」的緩緩滴落。以前我曾看她哭過許多回，可是只有這次是因為我而落淚。

「妳不會失去我的，」我豪氣干雲地說道，因為，我很想相信她的話，「我們現在只是朋友。」

她朝著我笑了笑，還記得我倆剛認識時，還有那次在艾蒂絲姑姑家門外的階梯上互相追逐嬉戲時，以及後來哈達瑪似乎認不出我，並假裝相信我所說的都是標新立異的幽默時，她也是這麼朝著我笑的。

我曾把自己的許多祕密都一股腦地告訴眼前這個女人，所說的比其他任何人都來得多。是因為我已一無所失，還是因為我知道她永遠都無法嚴肅地面對我？

我們已走到了如今這步田地，已經面對面地待在「出境室」裡，就等著揮手說再見。哈達瑪仍然在哭，然後就是一片沈寂，彷彿任何事都沒受到影響一般，所發生的事依舊發生，所說的或是所做的也依舊在說在做。至於我們之間的整個關係也依然存在，依然有復合的可能。換言之，我們還可能一起裹在一條圍巾裡，然後靜坐在花園裡喁喁私語；還可能一起享用著乾杏仁，然後聊到東方既白；也可能由我陪伴著她彈彈鋼琴和唱唱歌。可是，我卻無法像其他男人那樣做出那些動作，也無法照著她對我的期待行事，讓一直存在於我們之間那種可以忍受的等待壓力畫上句點。不過她卻始終可以像一開始那樣刻意保持模糊，可以讓我怦然心動，並讓人產生難以親近之感。

然而現在我已經知道該如何得到她，知道她的姿勢或動作所代表的意義，更了解她那種經常不假思索以及妄自尊大的特質，好像我要她是可以幫她的忙一樣。我只要假設她受到了榮寵、被我「稱臣納貢」過，就可以拉起她的手、握住她香肩、撫弄著她秀髮、把她拉到身邊，用臂環住她纖腰，身子俯靠著她，並俯首笑望著她，就因為我是男人，需要她。不過，那種遭到背叛的感覺卻讓我痛徹心扉，那種急欲報復的心理也始終竊據我心頭，甚至硬是相信她的確虧欠我什麼。到最後就確信自己得展開佔有行動，而且也確信自己擁有這種力量，因為，男孩子本來就該挺身為他的承諾奮鬥，直到完完全全實現才罷休。

我經歷過那種行動的自由，就像是陷入沈醉狀態中的意志輕率地向前猛衝一樣，當它全力發揮出自己的情慾潛能後，會改變當前那一刻的。我注意到她眸子閉起，眼簾微微哆嗦，這等於承認她曾經背叛過我，只是始終沒在我面前坦白招認，才引發她下巴猛然而明顯的抖動。接著，她整個嬌軀就向我靠過來，頭微微傾斜，雙手緩緩張開。她想靠在我身上做出這些動作，以為我們之間的愛戀關係就此可以一腳踢開，讓一切都遁逃得無影無蹤。我是可以配合她的，於是這個「男孩子」起身便準備離開。

然而，我又忽然看到她眼睛一張，用一種驚異地、狂暴地，而且帶有種不肯原諒我的幽怨目光凝視著我。這是轉瞬之間的事，彷彿前後連一丁點的時間都沒花到，只是要花些時間推敲我會不會因為太害羞而不敢採取什麼行動。不過坦白說這樣只會讓我就此縮手，只會讓我不再採取行動，只會讓我明顯表現出男人的遲疑不決，無法做選擇，甚至不想做選擇。我已經為了自由而做好準備，如果男孩子此刻把手放在她身上，就表示過去的一切都白白犧牲了。他有自己豐富的眼光和想像力，對自己許下過承諾，要做個成熟的男人，而且，也對此懷有深深的期待。因此，他是個可以解脫一切的大師，可以魯莽地解除一切束縛。

我們正邁著步子往門邊走去，這條路過去即經常在我記憶中出現，我相信即使再怎麼詳細的檢查，也看不出它和過去有什麼不同。

哈達瑪輕輕把門打開，在猶豫了半刻後就隨著我一同步出，之後又猛然轉身回到屋子，並小心翼翼地關起了門，接著又走到音樂室的那扇窗戶，目送著我離去。我知道如果我在此時回首凝視，她勢將無法抗拒我的「柔情攻勢」，而我也勢將無法再抗拒她，會再度奔向她懷裡。這時她好像受到了沈重的打擊似的，好像此番送別後就無緣再會似的，只見她一手放到厚重的窗簾上，並哀痛地將另一隻手抵住玻璃板上——如果我在此時不顧一切地奔回屋內，一把攫住這個會讓自己給毀了的女人，相信她也不會拒絕的。

一陣疾風猛然襲至，我並沒有被撕裂成一片一片的，雖然身體有些搖晃，但雙腿仍昂然挺立著。我快步走開，也沒想到自己是否該回頭，或是否仍可以回頭，甚或是否想要回頭——回到這種連自己後不後悔都無法說出的日子。

第二十八章　永不停止的追尋

我經常會想到哈達瑪的種種，即使和其他女人展開新的人生，她的身影也始終在我腦海中揮之不去。我曾把哈達瑪的事告訴了艾麗絲‧葛拉漢，也告訴了另一個和我相知相惜的女人小雨。艾麗絲和小雨就像我所描述的那樣，渾身熱情四射、固執、占有慾強，只把注意力放在一個女人身上。自從和其他女人生活過一段很長的時間後，我就有所超越而具備了父權的心態，不過，這兩個女人在我心目中的地位仍未曾稍減。她們對於我色慾冥想中有關於愛的那部份都沒什麼興趣，也沒有把它視為轉變的力量，因此，她們常取笑我太浪漫了，不過，我變為男孩子的事卻從沒有告訴她倆。

記得那天晚上在海邊哈達瑪因為不能和我同行，並且也放心不下讓我單飛而對我投懷送抱。我常在想如果我在那個時候吻了她的話，不知道會怎麼樣。那天晚上當我開著她的車一起回家時，她曾把腦袋枕在我肩膀上，不過我們始終不發一語，直到陪著走上她家門前的階梯，交給了她鑰匙。不過，那次卻沒有登堂入室。

如果那天晚上我吻了她的話會怎樣呢？如果我慫恿自己發揮出男孩的優勢，又會怎樣呢？

當時，哈達瑪就曾說：「我有預感妳會離我遠去。」而我則回答道：「我只是開四個小時車去趟海邊而已。」

「沒錯，」她重複道：「開四小時車到一個無法跨越的門檻。」我覺得當時她就略顯猶豫，似乎在等待著我採取行動。

小雨和艾麗絲對於這種情況會有不同的反應，小雨覺得我應該什麼廢話都不必說，也不必再等待什麼，就直接把她帶到花園去，指導她進入父權式的愛情之中，其實小雨很清楚哈達瑪想要從我這兒拿到什麼。至於艾麗絲則覺得我得敏感些才行，這樣才能了解哈達瑪為何會顯得遲疑不決，而且千萬不可急著把她推到什麼結論裡。

「我們都了解哈達瑪這種女人，」她說道：「她們常站在十字路口，好像已經準備好要跟著妳走，然而在瞬間又指引了妳另一條沒有必要的漫漫長路，或許沒有這條漫漫長路的話，妳就永遠不會發現自己一路上已經超過了她們，可是到頭來她們還是不會與妳同行的。這種女人總是在逃避什麼，讓人無從捉摸，對妳揮之即來，呼之即去，而且也弄不清友誼與熱情間的界限何在。總之這些女人會搞得妳心碎，而這破碎的心在得到修補之前，是需要一個嶄新的人生，妳這大半輩子都身為其他男人的女人，」她滿足地笑了笑，「不過我認為以後妳會愛上女人。」

長時間以來我都一直有個疑惑，那就是如果行事像個天生的男孩——身著水兵服、蓄短髮，保持苗條精瘦的身材以及對女人的熱情——而不是「半調子」的話，不知道我的人生會變成什麼，甚至在對任何人都絕口不提哈達瑪之後，這個疑惑仍迴盪在我心中。如果老是「半調子」的話，勢必永遠學不到「部落意識」，永遠學不會與別人共處，永遠學不會如何讓自己少一點佔有慾，當然，也勢必無法從艾麗絲、小雨和其他人那兒學到任何事情。

最後證明艾蒂絲是對的，馬克斯和哈達瑪大部分都廝守在一起，可惜時間並不長，最後馬克斯暗示由於最近才和我分手，不宜再與她頻頻見面後，雙方才勞燕分飛。

哈達瑪就這樣被激怒了，於是離開了他，至此雙方就永遠沒再見面。雖然我們都住在同個城市這麼久了，但他們一直「王不見王」。

幾年後她嫁給了一個來自沙菲市的藝術收藏家，那傢伙多金，可是風流韻事卻不斷，於是她又離開他而回到柏克萊的家中。馬克斯自從分手後即從未聽過哈達瑪的消息，兩人關係就像是斷了線的風箏，而我本人則在她回來後的幾個禮拜，接到她那雙巧手所親自做的一張精美卡片，很顯然這是暗示我可以去她那兒看她，只是沒有真正的出面邀請。我很想前去，但或許是害怕屆時會舊事重演而作罷。

或許在我們最後一次碰面時她並沒有拒絕我的意思，但我也沒有採取進一步行動，就這樣我們倆都放棄了努力，而我也一直甘於現狀。因為，我已一無可信之人，同時抱持寧缺勿濫的態度，不願意隨便找個人濫竽充數，以免第二天早上遭到遺棄或讓自己悔不當初。

男孩子本身就像我過去所一直強調的，是個過渡性質的人物，當他達到成就的最高點時—擁有付諸行動的能量、自由自在之身，以及可以選擇自己所想要的「執照」—就要噗通的一聲面對自己的未來。如果他是持續往前衝的那類型男孩，未來就一定會經歷到一種更玄奧、更具強制性的情慾力量，在程度上將超過自己所擁有的任何一種力量。當他可以擁有弱水三千時，為什麼只應取一瓢而飲？而他有新人可以取代時，為什麼還要叫他反覆忍耐？身為一個男孩，他會意識到自己所發展出的那股力量是無情的推手，可以幫助他許下承諾，可以解放他，可以賦予他「執照」和各種機會。如此一來，事情只會漸入佳境，不過只要有一樣東西沒有到手，他就不會定下心來。

之後他會怎樣呢？會永遠做男孩子嗎？會變成一個敏感的大男人，甚或成為一個女人？或許有種新的女性只存在於男孩子的轉變階段中。

至於對我來說，似乎一直都知道有股偉大的愛正為我而儲存，如果對象不是哈達瑪，那也一定是其他人。我只要出發前往尋找，並且不斷地尋找，永不歇止，直到真正的愛降臨就行。如果我夠精明，肯堅持到底，而且擁有足夠的熱情去以未來之名突破現狀的話，那我知道遲早都會找到一個可以一訴此愛情故事的愛人同志。

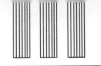

廣告回函
台灣北區郵政管理局登記證
北台字第 12746 號

231 台北縣新店市寶橋路 235 巷 131 號 2 樓之 1

高談文化事業有限公司　　收

請折回後裝訂寄回

寄件人姓名：

地址：

TEL ：

FAX ：

高談文化讀者回函卡

謝謝你選購本書。

爲了加強對讀者的服務，請你詳塡以下各欄及反面客戶資料，免貼郵票，直接寄回，我們將把你的意見列入參考，並免費提供你更豐富的相關資訊。

你購買的書名

年齡 ________ 職業 ________________

性別 □男 □女　婚姻狀態 □已婚 □未婚

教育程度 □高中以下（含高中）□大專/大學 □研究所

從何處得知新書資訊 □逛書店 □報紙 □雜誌 □廣播 □網路 □本公司書訊 □親友告知 □其他

你通常以何種方式購書 □逛書店 □郵購目錄 □便利商店 □直銷人員 □網路 □其他

你較偏好購買的書種 □旅遊 □傳記 □音樂 □工商管理 □文學 □工具類 □生活休閒 □其他

對我們的建議 ________________________________

____

信用卡訂購單

我想訂購 ________________________________

信用卡簽帳資料 □ VISA □ MASTER □聯合信用卡

發卡銀行 ________________________________

信用卡號 ________________________________

持卡人簽名 ________________（與信用卡相同）

訂購金額 __________ 信用卡有效期限 ___年___月

身分證字號（統一編號）________________

電話 __________ 傳真 ________________

寄書地址 □□□ ________________________

收件人姓名 ________________________

發票種類 □二聯式 □統一編號及抬頭

請將本訂單放大後傳真

購書專線:02-8919-1535 信用卡傳真 02-8919-1364

劃撥帳號： 19282592 戶名：高談文化事業有限公司

克拉拉之死
——一位堅毅不屈的傑出鋼琴家

作者：南西•瑞區
頁數：424頁
出版時間：89年11月10日
定價：450元　特價：350元

克拉拉•舒曼是十九世紀最引人注目的女性，這本舉足輕重的傳記英文版中最佳的克拉拉•舒曼當代研究。書中反應出所有不同需求的典範，資料考究十分縝密，組織架構大膽而文筆典雅精緻，表達出克拉拉明澈的眼界，既寫實又能引人共鳴，鮮活又具公允性，要找出與之抗衡的著作實非易事。

克拉拉•舒曼要支持得憂鬱症的丈夫專心創作，要獨立撐起十一個孩子的沈重家計，她馬不停蹄在世界各地演出，終於贏得女性在演奏界最高榮譽。這位新時代女性的典範，堅毅、卓越、美麗、無可取代。痛苦掙扎的親情糾葛，揮之不去的憂鬱夢魘，一點一滴地吞噬著這位才華縱橫的鋼琴家，這個淚水交織的愛情故事，爲廿世紀最堅毅的新時代女性作了最佳的見證。

天使與魔鬼之舞

——舒曼的一生

作者：彼得・奧斯華
頁數：415頁
出版時間：89年6月30日
特價：350元（原價450元）

「憂鬱症」這個名詞似乎和現代生活劃上了等號。不過早在十九世紀時就有許多藝術家都爲憂鬱症所苦，最典型的就是天才音樂家　鳩B・舒曼，其一生都在與憂鬱症纏鬥，最後終於以自殺一途終結痛苦，留給世人無限遺憾。

本書詳細記載了舒曼在音樂創作與病痛折磨兩者間不斷拉扯的過程，他在創作中獲得逃離病痛的喘息空間，享受天使般的安慰，從中獲得力量，以抗拒憂鬱症將他一次次推向魔鬼的深淵。

比爾大哥
輟學生／野孩子／福克納的精彩故事

作者：約翰‧福克納
頁數：336頁
出版時間：89年7月12日
特價：320元

威廉‧福克納家學淵源，卻是拒絕正規教育的學生，他靠著自己的努力和大量的閱讀，自己學習、成長，他幾乎讀遍所有的歐洲文學經典名著，自己學會法、德等國語言。高中畢業就輟學的福克納曾經加入加拿大皇家飛行團，但尚未分發，一次世界大戰就結束了。返鄉後曾在密西西比大學就讀，並擔任過郵局局長等職務，之後結識小說家安德森開始他的創作生涯。

他的作品對美國南方僵滯的秩序有精細的剖析，透過倒敘與意識流的寫作技巧，塑造了獨特的風格，也因此獲得諾貝爾獎的最高殊榮。

追夢的人

夏敏恩和傑克倫敦的愛情故事

作者：克萊絲•史塔茲

頁數： 368頁

出版時間： 90年1月10日

特價： 300元

夢的追尋、愛的執著、背叛與忠實、肉體與心，交織成一部永垂不朽的愛情篇章；他們的生命曲調和我們今天大部分人十分相似，只要單純天真就能找到天堂仙境。

從工人階級到文壇巨星，他實現了所有人的理想；從弱不禁風的淑女到豪爽奔放的「伙伴」，她成爲所有現代女性的典範。

作者克萊絲・史塔茲以令人歎服的的筆調，粉碎長久以來人們對傑克・倫敦粗獷、酗酒、玩弄女性等既有的觀點，也讓世人印象中，被動、幼稚又依賴的夏敏恩有平反的機會，史塔茲筆下所描繪的愛情故事，真切道出了這對愛侶的勇氣、熱情和活力，絕對是世間愛情的最佳典範。

魅影與貓

—洛伊－韋伯的成功傳奇

作者：麥可・柯凡尼
頁數：304頁
出版時間：12月10日
定價：300元

不管人們喜不喜歡安德魯・洛伊－韋伯，他在過去二十年雄霸現代音樂劇壇，是不爭的事實。自從三十餘年前與提姆・萊斯寫下《約瑟夫與神奇彩衣》之後，他接連創作多齣經典音樂劇：《萬世巨星》、《艾薇塔》、《歌劇魅影》，提供全世界的觀眾最豐富的音樂饗宴。《貓》劇更雄踞百老匯近二十年，今年才功成身退，宣布下檔，正式走入音樂劇的歷史。

《每日郵報》的戲劇評論家麥可・柯凡尼根據他多年來的經驗及其與安德魯・洛伊－韋伯的訪問內容寫下這本細膩生動的傳記，帶領讀者進入這位複雜人物的奇妙世界。不管洛伊－韋伯現正遭遇多大的挫折，麥可始終相信，他將創作出最傑出的音樂。

國家圖書館出版品預行編目資料

蛻變／金．雀爾寧（Kim Chernin）著；李璞良譯．
初版 -- 台北縣新店市：高談文化，
2001［民 90］
面；21.5*15 公分
譯自：My Life as a Boy: A Woman's Story
ISBN 957-0443-13-9（平裝）

874.57　　90000424

Copyright (c)1997 by Kim Chernin
Through Big Apple Tuttle-Mori AQgency, Inc..
Complex Chinese Edition Copyright:
(c)2001 CULTUSPEAK PUBLISHING CO., LTD.
All Rights Reserved. 著作權所有．翻印必究
本書文字非經同意，不得轉載或公開播放。
獨家中文版權 (c)2000 高談文化事業有限公司

2001年2月 初版
作　　者：金・雀爾寧 (Kim Chernin)
翻　　譯：李璞良
發 行 人：賴任辰
社　　長：許麗雯
總 編 輯：許麗雯
主　　編：樸慧芳
編　　輯：黃詩芬 劉綺文
行 銷 部：楊伯江 朱慧娟
出版發行：高談文化事業有限公司
編 輯 部：台北縣新店市寶橋路235巷131號2樓之1
電　　話：(02) 8919-1535
傳　　真：(02) 8919-1364
E - Mail：c9728@ms16.hinet.net
印　　製：久裕印刷事業股份有限公司
行政院新聞局出版事業登記證局版臺省業字第890號

蛻　　變
定　　價：新台幣260元
郵政劃撥：19282592 高談文化事業有限公司